九孔の罠
死相学探偵7

角川ホラー文庫
21967

一　新たな事件

なーごぅ。

地の底から響くような唸《うな》り声が、微《かす》かながら耳に届いた。そのとたん弦矢《つるや》俊一郎《しゅんいちろう》の身体は、びくっと反応した。

……はじまった。

今夜もまた、あの無気味な声が聞こえ出した。そこに籠《こも》っているのは、憤怒《ふんぬ》の感情だろうか。それとも恐怖か。または憐憫《れんびん》か。

なーごぉぅ。

その鳴き声が、少しずつ大きくなる。こちらへ近づいてくる。間違いなく迫ってきている。

なーごぉぅぅ。

……やつが、来る。

俊一郎はベッドの中で身構えた。だからといって何もできない。ただ身動《みじろ》ぎもしないで、じっと息を潜めているだけである。

なーごおぉぅぅ。

扉のすぐ向こう側で、ひときわ大きく声が轟《とどろ》いたあと、

……かりかり、かり、かりかりかりっ。

引っ掻《か》くような物音が聞こえてきて、俊一郎を生理的にぞっとさせた。それは硝子《ガラス》に爪を立てる行為にも似て、何とも言えぬ不快感がある。

だが、ここは我慢するしかない。下手に動くのも、また声を出すのも禁物である。ひたすら静かにして、やつが諦《あきら》めるのを待つのだ。

しばらくすると突然、忌まわしい唸り声と嫌悪すべき引っ掻きが止んだ。しーんとした静寂が、辺りに漂いはじめる。

……来るぞ。

俊一郎が覚悟を決めた瞬間、

みゃう、みゃー。

これまでの恐ろしい咆哮《ほうこう》とは対照的なまでの、非常に可愛らしい鳴き声が一転して聞こえてきた。

……まったく。

いつまでこれが続くのかと、俊一郎はベッドの上で天を仰いだ。

扉の外にいるのは、鯖《さば》虎猫の僕である。本人に言わせると「僕にゃん」が正式な名称らしいのだが、俊一郎は普段「僕」と呼んでいる。

「僕にゃんは、僕にゃんだろが」

すっかり腐れ縁となった刑事の曲矢《まがりや》は、そう言って怒る。しかし子供のころならまだしも、よい年齢の大人が「僕にゃん」などと、どんな顔をして口にするのか。どう考えても恥ずかしいだろう。

だからといって俊一郎と僕の仲が、決して悪いわけではない。むしろ逆である。今から一年と数ヵ月前、彼が奈良《なら》の祖父母の家を出て上京して、神田《かんだ》の〈産土《うぶすな》ビル〉に〈弦矢俊一郎探偵事務所〉を開いたとき、なんと僕は独りで追ってきたのである。奈良から東京《とうきょう》まで猫一匹、ヒッチハイクをしたという。

以来、僕は俊一郎の探偵助手のような立場になった。あくまでも「ような」に過ぎないのは、取りも直さず彼が「猫」だからだ。それでも僕は、時に依頼人の心に寄り添い、その重い口を開かせた。他人《ひと》と関わる仕事なのに、コミュニケーションに問題を抱えていた俊一郎を、陰ながら大いに助けてきた。僕がいなかったら彼の探偵事務所は、とっくに潰《つぶ》れていたかもしれない。

もっとも俊一郎の探偵事務所は、かなり特殊だった。いや、他に類例がないと言えた。なぜなら彼は普通の探偵ではなく、「死相学探偵」を名乗っていたからだ。

人間の死相が視《み》える。

幼少のころより俊一郎が持つ異能なのだが、このせいで彼は辛《つら》い目に遭ってきた。本人に悪気はなくても、相手に認めた死相を口に出すことで、厄介事に巻き込まれてしまう。そして彼は「悪魔」「死神」「化物」と罵《ののし》られる羽目になり、次第に人間不信に陥っていった。

そんな俊一郎を支えたのは、今も奈良の杏羅《あんら》町で暮らす祖父母だった。

祖父の弦矢駿作《しゅんさく》は、一部に熱狂的な愛読者を持つ怪奇幻想作家である。彼がカルト作家なのは、その作品があまりにも怖いから……という妙な理由があった。怪奇幻想小説が恐ろしいのは当然で、むしろ褒められるべきことなのに、弦矢駿作の場合は違った。読者の感想の多くが、「洒落《しゃれ》にならない」「読んだのを後悔した」「小説じゃなくて、これは本物」といった内容だった。

そういう特殊過ぎる怪奇幻想作家として、祖父は孫の能力に興味を覚えた。と同時に問題の死相を分類及び分析することで、少しでも俊一郎の役に立てればと考え、ここ数年『死相学』という大部の著作を執筆している。

祖母の弦矢愛《あい》は、熱心な信者たちから「愛染様《あいぜんさま》」と呼ばれる拝み屋である。その力は失せ物捜しから強烈な憑物祓《つきものばら》いまで、まさに多岐にわたっている。また一口に信者といっても、近所の幼女や主婦から大企業の重役や政治家まで、その顔触れは相当に幅広い。ただし彼女は誰に対しても、必ず平等に振る舞った。子供のために失くした玩具《おもちゃ》を捜している間は、次の依頼者が警察の幹部であろうと平気で待たせた。そのうえ口が悪いことでは、誰にも負けなかった。

「愛染様は色々と厄介な性格をお持ちだけれど、そのお力は本当に凄《すご》い」

一度でも祖母に見てもらった人の多くは、こんな風に言って困った顔をしつつも笑いながら信者になる。その能力が類稀《たぐいまれ》だったからだが、彼女の憎めない人柄も大いに一役買っていたと思われる。

この祖母ほど俊一郎が強《したた》かであれば、どんなに苛《いじ》められても図太く生きてきたかもしれない。だが祖母から孫へと伝わったのは、異能の力のほうだった。もっとも祖母は他人の死相を視ることはできず、俊一郎にそれ以外の能力まで受け継がれているわけではない。

「一種の隔世遺伝やな。ただ、あれにはない死視の能力が、どうして俊一郎に生まれたんか……」

祖父が『死相学』を著そうとした切っかけは、この疑問からはじまったのかもしれない。ちなみに「あれ」とは、連れ合いの祖母を指す。そして「死視」とは、祖父が名づけた孫の異能の名称である。

この祖父母の愛情と躾《しつけ》によって、俊一郎は幼少のころより杏羅町の家で育った。いや、そこには当時まだ仔猫《こねこ》だった僕も立派に加わる。いっしょに遊ぶ同年代の子供がいない彼にとって、僕は何よりの友だちだった。そして時には兄であり、また時には弟でもあった。

やがて俊一郎は、祖母の「仕事」の手伝いをはじめる。それは死視の力を自分でコントロールするための、言わば修行でもあった。あとになって分かるのだが、他人と接することの大切さと難しさを教わる、その社会勉強も兼ねていた。

お陰で成人を迎えるころには、ある程度の社会性が身についた。祖母の信者とのコミュニケーションが、大いに役立ったのである。

とはいえ俊一郎の対人関係のほとんどが、祖父母の知り合いだった。つまり最初から彼に好意を持っているか、少なくとも敵意は抱いていない、そういう人物が多かったことになる。

ぬるま湯のような環境にいては、いつまで経っても孫は半人前のままだ。

そう考えたらしい祖父は、俊一郎に上京を促す。しかも死視の能力を活《い》かして、コンサルタント業をしたらどうかと提案した。それが探偵業になったのは、俊一郎の閃《ひらめ》きだった。

こうして死相学探偵が誕生した。

まったくの新米探偵のうえに、今までに類例のない探偵業にもかかわらず、祖母の幅広い人脈のお陰で依頼人には困らなかった。ただし依頼人を含めた事件の関係者への応対には、大いに苦労した。ぶっきらぼうな俊一郎の物言いが、相手に誤解を与えて怒らせてしまう。しかし本人は、その問題に気づかない。そこで余計に拗《こじ》れるのだが、そんなとき両者の間に入るのが、僕だった。いつしか僕は、彼の良き探偵助手になっていた。

様々な事件に関わるうちに、俊一郎も少しずつ成長した。相変わらず対人関係は苦手だったが、上京したころに比べると、信じられないほど改善している。

いくつもの事件で行動を共にしてきた曲矢に言わせると、

「知り合ったばかりのお前は、引き籠《こも》りの根暗で、傲慢《ごうまん》で口の悪い嫌なガキに過ぎなかったが、俺がボランティア精神を発揮して、根気よく付き合って面倒を見てやったお陰で、今はかなり増しになってるかもな」

という評価になるのだが、俊一郎としては「面倒を見てるのは、こっちだろ」と当然ながら反論することになる。

実際、曲矢が担当した事件のすべてを、俊一郎は解決してきた。ただ、この傍若無人な刑事と知り合ったせいで、他人に対する垣根が次第に低くなっていったのも、また事実だった。もっともそれを認めると曲矢がつけあがるので、俊一郎は何も言うつもりはない。そういう意味では、持ちつ持たれつの関係だろうか。

弦矢俊一郎を取り巻く環境が、仕事の依頼人と所轄の刑事である曲矢くらいだったら、ほとんど問題はなかったのだが……。

依頼人の容姿に視える死相の陰に、ある人物の影が浮かんでいるのではないか。そんな恐ろしい疑いを、いつしか俊一郎は覚えるようになる。そして実際、その影は死相学探偵最初の事件である入谷《いりや》家連続怪死事件のとき、すでに見え隠れしていたことに、彼はのちに気づくのだが……。

黒術師。

問題の人物の呼び名である。数多《あまた》の邪悪な呪術を操れる……という突出した異能の持主であること以外は、まったく謎に包まれている。ただ確実に言えるのは、黒術師は人間の心に芽生えた悪意を捉《とら》えて増幅させ、悲惨な事件を本人に起こさせて北叟笑《ほくそえ》んでいる……という忌まわしき事実だった。

例えば、遺産相続で揉《も》めている一族がいたとする。自分以外の相続人がいなくなれば、おのれの取り分は増える。そこで、誰でもよいから死んでくれないかな……と考えた者が出たとしても、別に不思議ではない。あくまでも頭の中で思うだけで、普通は実行までしないため、もちろん誰にも気づかれずにすむ。

しかし黒術師は、そういう人物を敏感に察知する。そして自分の片腕である黒衣の女を密《ひそ》かに近づかせ、目をつけた者の邪悪な願望を増幅させる。その結果、問題の一族の間で遺産相続連続殺人事件が起きる。

このとき黒術師は、犯人に何らかの呪術《じゅじゅつ》を授ける。その多くは人知を超えた残虐な殺人方法である。ただし犯人自身が手を汚すことは、まずない。呪術を使うためには被害者に近づかなければならない、という一定の条件が犯人に求められる場合はあるものの、それだけである。

自らの手を汚さなくても、相手を死なせることが可能になったとたん、こうも人間は簡単に殺人者と化すのか——と空恐ろしくなるほど、誰もが黒術師を受け入れて、やすやすと事件を起こしてしまう。

呪術殺人であるため、警察がいくら調べても、どうやって被害者が殺されたのか分からない。もしくは他殺だと、どう足掻《あが》いても証明ができない。こうなると警察はお手上げである。事件は確実に迷宮入りする。

それを弦矢俊一郎は、死相学探偵として解決してきた。でも、どうしても解き明かせない謎があった。

黒術師の動機である。

どの事件の犯人も、自ら手を下す必要がない、警察に捕まる心配もない、という多大なメリットがあった。しかし、黒術師はどうか。そんな事件を起こすことにより、何か得られるものがあるのか。

「どう考えても、ないよな」

俊一郎が出した答えは、警視庁の〈黒捜課〉が導き出した結論と同じだった。

黒捜課とは「対黒術師」のために、秘密裡《ひみつり》に設けられた部署である。もっとも警察が「呪術」の存在を公に認めるわけにはいかないため、組織上は存在しない部署になっており、黒捜課も通称に過ぎない。責任者は新恒《にいがき》警部だが、実は曲矢も所轄署から出向扱いで捜査員になっている。より正確には「弦矢俊一郎の担当」であるが、本人は大いに不満らしく、それを認めたがらない。

黒術師には動機がない。

という結論から推察される唯一の人物像は、愉快犯だった。人間の心の闇を広げて事件を起こさせ、それを陰から覗《のぞ》いて嗤《わら》っている。そんな行為が楽しくて仕方ない。だから次の犠牲者を物色して、黒衣の女に近づかせる。

言うまでもなく黒術師は、事件を起こした犯人の運命などに何の関心もないと思われる。逮捕されずに逃げようが、裁判で死刑になろうが、どうでもよいのだろう。単なる自分の駒に過ぎないと、きっと考えているに違いない。

そんな黒術師が、なぜか興味を持ったらしい人物が、実は一人だけいる――のではないか、と俊一郎も黒捜課もそのうち睨《にら》むようになった。

死相学探偵の弦矢俊一郎である。

そう考えて過去の事件をふり返ると、黒術師がわざと彼にからんでいるように見えなくもない。黒捜課が所轄から曲矢を出向させ、俊一郎の担当にしたのも、この疑いがあったからである。

それまで黒術師の存在は、ほとんど世間に知られていなかった。しかし六蠱《むこ》と名乗る犯人が起こした猟奇連続殺人事件のころから、インターネット上で黒術師に対するコメントが目を引き出した。もっとも都市伝説のような扱いだったため、黒捜課も静観していた。

ところが、半年ほどの間に、黒術師は都市伝説という実体のない存在から、熱心な崇拝者までが現れる崇《あが》められるべき闇の実在へと、大きく変化を遂げることになる。

そして今年の四月、その崇拝者たちを集めた謎のバスツアーが黒術師によって企画され、そこに俊一郎は潜入したのだが……。

これまでとは異なる事件の渦中に放り込まれ、彼は孤軍奮闘した。さらに「八獄の界」という呪術がからんだため、よけいに大変だった。その結果、肉体的にも精神的にも相当に疲弊した。同じことがある理由で僕にも言えた。そこで俊一郎は子供のころに戻ったかのように、僕といっしょに寝るようになる。

僕を「僕にゃん」と呼ばなくなるに従い、就寝時の添い寝も止めていた。もちろん断腸の思いだったが、自立するためには必要だと自分に言い聞かせた。この習慣は東京で同居するようになっても変えなかった。僕は隙あらばベッドに潜り込もうとしたが、俊一郎が寝室の扉を閉めて防いでいた。

しかしながらミステリーバスツアー事件のあと、自然と彼らはベッドを共にするようになる。俊一郎が積極的に誘うわけでも、僕が強引に侵入するわけでもない。ただ当たり前のように寄り添った。

そのお陰で自分は回復できたのだと、俊一郎は信じている。祖父母や曲矢や新恒、曲矢の妹の亜弓《あゆみ》の尽力も当然あったが、やはり一番の癒《いや》しは僕だった。僕が側で寝てくれたからこそ、彼も安眠できたに違いない。

そして当の僕も、すっかり元気になって……。

あれ？

はっと俊一郎は気づいた。よくよく考えると日中の僕は、ほとんど元の状態に戻っている。それなのに就寝時になると、みゃう、みぃ、と甘えながらも弱ったような声を出していないか。まるで彼の同情を引くかのように……。

その日の午後、俊一郎は昼食と散歩から戻ったあと、しばらく僕と遊んだ。事件後はあまり構う余裕がなかったので、僕も大喜びだった。ただし彼には、ある目的があった。だから頃合いを見計らい、

「おい僕、もう大丈夫そうだな」

突然そう声をかけると、たった今まで活発に動き回っていた僕は、みょう……と元気のない声を急に出して、そんなことないよと言わんばかりに、ぐったりと床の上に寝転がった。

「お前なぁ、見え透いた演技は止めろ」

みょう、みょう。

それでも僕は熱演をふるったが、俊一郎が少しも動じないでいると、くるっと起き上がって座り直し、まったく何事もなかったかのように、しきりに身体のあちこちをなめ出した。

「よし、もう今夜から、いっしょに寝るのはなしだ」

俊一郎の宣言に対しても、まったく聞こえませんよとばかりに、僕は身体をなめ続けている。

その夜、事務所のパソコンで某海産物メーカーのホームページにアクセスして、笹かまぼこの紹介写真を僕に見せている間に、俊一郎は寝室に入って扉を閉めた。僕の大好物の笹かまを餌にした、彼なりの策略である。

罠《わな》にはまったと知った僕は怒って、なーごぅ……という地の底から響くような唸《うな》り声を発して、寝室までやって来た。だが俊一郎は、決して扉を開けなかった。そこから甘えた鳴き声に変わっても、扉は閉ざしたままにした。

そうして毎夜、この茶番が続くようになる。さすがに三日目には、僕も警戒を露《あらわ》にした。でも別のメーカーの笹かまぼこを見せると、ころっと同じ罠にはまった。こいつは化猫ではないのか——と俊一郎が驚嘆するほどの能力を時に示す僕も、こういうところは普通の猫と変わらない。あっさりと騙《だま》されてしまう。

昨夜も同じやり取りがあった。朝になって僕が、にゃーにゃーと抗議するのも、ここ数日の流れと同じだった。違っていたのは朝食のあと、新たな依頼人が訪ねてきたことである。

探偵事務所の扉をノックする音が聞こえたので、食後の珈琲《コーヒー》を飲んでいた俊一郎が「どうぞ」と声をかけると、彼より少し年上に見える女性が入ってきた。

「これ、紹介状です」

その美しい顔にある意味とても合っている冷たい口調で、応対に出た俊一郎に、彼女は一通の封書を差し出した。

事務所を開いたばかりの俊一郎なら、きっと黙って受け取ったことだろう。この一言だけ取り上げても、彼の成長ぶりが窺《うかが》える。

「ふーん」

ただし紹介者を確認して、それが俊一郎も知る警察のとある人物だと分かったとたん、半ば感心しつつも半ば揶揄《やゆ》したような反応を示したのは、まだまだ修行が足りないせいかもしれない。

だが、相手も負けていなかった。

「その方が、不服ってわけじゃないですよね」

「仮に駄目だと言ったら、別の警察関係者に紹介状をもらうんですか」

「いいえ。その方だけが頼りです」

はっきりと彼女は答えてから、

「それで、合格しました？」

俊一郎は返答の代わりに、手ぶりで応接のソファを勧めた。

「沙紅螺《さくら》です」

彼が自分の前に腰を下ろすのを待ってから、彼女が名乗った。ただ、それが姓なのか名なのかが分からない。漢字の説明を聞く限り、下の名前らしかったが、どうして名字を口にしないのか。

「拝見します」

「弦矢俊一郎です」

相手の軽い一礼に合わせて、とりあえず彼も挨拶《あいさつ》すると、

「私と探偵さんは、同じ歳なの。だから堅苦しい喋《しゃべ》り方は、今からなしってことで、どう？」

いきなり提案してきたうえ、てっきり年上だと思っていたため、俊一郎は少し調子を狂わされた。

「……それは、いいですけど」

「ほら、『いいですけど』じゃなくて、『いいけど』でしょ」

「わ、分かった」

ここで俊一郎の脳裏に祖母の顔が浮かんだのは、この押しの強さが似ているうえに、若いころは美人だったと昔から聞かされ続けており、とっさに目の前の彼女と重なったせいだろうか。

これは……苦手な人種かもしれないな。

俊一郎は心の中でぼやいた。この感情が以前なら、もろに顔に出ていただろうが、さすがに今は上手《うま》く隠す術《すべ》を覚えている。

「それで沙紅螺さんは、自分に死期が迫ってると懼《おそ》れるような、そんな事情が何かあったのか」

苦手意識が出ないうちにと、単刀直入に一番の問題点を尋ねたのだが、

「私を死視すれば、すぐ分かる」

どこまでも彼女はストレートだった。

このまま相手のペースに乗せられるのは不本意だったが、何ら予備知識を持たない状態で依頼人の死相を視《み》るのは、経験上とても大事だと知っていたので、俊一郎も異を唱えず素直に従うことにした。

他人を死視する。

この異様な能力を行使するためには、自分の両の瞳《ひとみ》を「視る」状態に変えなければならない。つまり普段の「視ない」から「視る」へと、言わばスイッチを切り替えるわけだ。祖母の仕事を手伝いながら、真っ先に彼が会得させせられたのが、この切り替えのやり方である。

それまでの俊一郎は、常に「視る」のままだった。すると否《いや》が応でも他人の容姿に現れた死相が視える。視えてしまう。視せられてしまう羽目になる。まだ幼かった彼にとって、この状況はまさに地獄だった。

だから「視る／視ない」と切り替えができたときは、本当に救われた思いで、どれほど嬉《うれ》しかったことか。

その後遺症なのか、死相学探偵として事務所を開いてからも、ふっと「視る」行為が怖くなる。そんなときが、たまに訪れる。死視することで、どんな恐ろしい死相を目の当たりにするのか。ちょっとでも考えると、もういけない。死視という異能が、悪魔の力のように思えてしまう。

今が、そうだった。

よりによって、そんな弱気を絶対に悟られたくない——と強く覚える依頼人を前にして、俊一郎は尻込《しりご》みしそうになっていた。

「いつでも、いいよ」

しかも相手は、小憎らしいほど平然としている。

依頼人の中には、死視そのものを怖がる者も少なくない。医者に診てもらうと病気が見つかるから嫌だ——という訳の分からない理屈と同じような感情を、どうやら死視に対しても抱くらしい。あるいは写真を撮られると魂が抜かれてしまう——という迷信に毒された、昔々の人々が覚えた懼れに近いとも言えるだろうか。

「あなたの死相を視ないことには、こちらは何もできません」

俊一郎が説得をして、ようやく不承不承ながら覚悟を決める。そういう依頼人に比べると、沙紅螺は最初から肝がすわっていた。むしろ彼のほうが、躊躇《ちゅうちょ》しかねない有様だった。

「もう、はじまってる？」

そんな俊一郎の戸惑いを見透かしたわけではなく、ただ尋ねただけだと分かっているのに、彼はどぎまぎしてしまった。

「……し、静かにしてくれ。精神統一が必要だから」

思わず嘘が口から飛び出したが、彼女は「あっ」という表情を浮かべたあと、急に畏《かしこ》まった様子を見せた。その変化が妙に可愛らしく、俊一郎は笑みを浮かべそうになったのでこらえた。

おもむろに座り直すと、死視を「視ない」から「視る」に切り替える。

まず視えたのは、沙紅螺の全身を薄く覆っている紫のベールのようなものである。かといって布に似た何かではない。その証拠に紫の薄い膜の全体が、微《かす》かに蠢《うごめ》いている。流動していると表現したほうが近いか。

祖父は『死相学』において、俊一郎が視る死相の分類を事細かに行なっているが、大別すると「形」と「色」にまず分かれるという。

俊一郎の経験から言えば、形状は依頼人の「未来の死因」を指し示している場合が多い。黒くて太いチューブ状のものが身体を取り巻いていた例では、交通事故を暗示していた。彼が視たのは、トラックのタイヤだったとのちに判明する。ただし、これはまだ分かりやすい事例だった。たいていは形状が何を表しているのか、その推理に苦労する羽目になる。しかも視え方に個人差があるため、仮に同じ車のタイヤを意味していたとしても、すぐ彼に判断できるわけではない。そういう意味では、前例があまり役立たないとも言えた。

もう一方の色彩は、その逆だった。事例が増えるに従い、『死相学』の原稿は貴重な資料となった。個々の色合いによって、おおよそ何を表しているのか、その色にどんな意味があるのか、それが分かってきたからだ。

この色彩の分類の中で、黒と赤と紫は「死」そのものを表現していた。死相なのだから死が視えるのは当然ながら、それでもこの三色は特別だった。なぜなら依頼人に死をもたらすのが、ほぼ殺しや呪いに因《よ》っていたからである。

でも、紫色の薄いベールだけなら……。

それほど強い死相とは、まだ言えないのではないか——と俊一郎が考えていると、沙紅螺の左の目尻《めじり》から、つうぅぅぅと何かが流れ出た。

……泣いてるのか。

びっくりしたのも束の間、その涙のようなものが、たちまち赤く染まった。

血の涙！

ぎょっとして彼が身構えると、つうぅぅぅと同じように右の目尻からも血の涙が流れ出した。

これは、いったい……。

顔を作っているつもりでも、一瞬の狼狽《ろうばい》が俊一郎の表情に出てしまったらしい。

そんな彼の変化に気づいたのか、沙紅螺が思わずといった様子で何か喋りかけたのだが、今度はその口の両端から、だらだらと鮮血が滴り落ちた。

さらに両の耳からも、鼻の穴からも、どんどん血が流れはじめた。しかも次第に量が増していく。このままでは出血多量で死んでしまうというほどの血の噴出が、物凄《ものすご》い勢いで続いている。

……視たくない。

「大丈夫？」

……もう、視たくない。

「ちょっと、弦矢くん？」

……これ以上、視たくない。

「しっかりして！」

沙紅螺の鋭い叫び声が耳に届いた瞬間、俊一郎は無意識に死視を「視ない」に切り替えていた。

「平気？　横になる？」

今にもこちら側のソファへやって来て、すぐさま世話を焼きそうな彼女を、俊一郎は片手を挙げて押し止《とど》めつつ、

「……な、何ともない」

一応そう断った。だが、そこからは口を閉ざして、心身ともに落ち着くまで、じっと静かに様子を見た。それを彼女も察したのか、相変わらず心配そうな眼差《まなざ》しをしながらも、何も言わずに付き合ってくれた。

「……ふうっ、失礼した」

やがて俊一郎は大きく息を吐くと、気を取り直したように、

「それじゃ何があったのか、詳しい事情を聞かせて欲しい」

「うん、分かった」

沙紅螺は応じながらも、少し彼を観察する素振りを見せたあと、

「かなり特殊な話になるから、最初は戸惑いもあると思うけど、我慢して最後まで聞いて」

そんな注意をしてから、俄《にわ》かには信じられないような内容を、特に気負うことなく淡々と話しはじめた。

二　ダークマター研究所

沙紅螺《さくら》の出身は千葉《ちば》で、小学校を卒業するまでは同地で生活していた。だが、母親の病死が切っかけとなり、中学一年生のときから神奈川《かながわ》の〈覺張学園《がくはり》都市〉で、独り暮らしをするようになる。

とはいえ母親の死は、あくまでも沙紅螺の背中を押した理由の一つに過ぎない。その生活が劇的に変わる要因となったのは、彼女が物心ついたときから発揮していた一つの奇妙な能力にあった。

虫の知らせ。

そんな風に昔から呼ばれてきた、一種の予感のごとき力である。

誰しも「今日は会社に、または学校に行きたくない」とか、「誰々と約束をしてるけど、なんか会いたくないな」などと、ふと直前になって思うことがある。たいていの場合は単なる気紛《きまぐ》れで、会社や学校へ行っても、その人物に会っても、まったく何の実害も受けずに終わる。しかし、通勤や通学の途中で事故に遭う、約束の人と会って嫌な目を見る、といった経験をした場合は、「あの予感は、やっぱり正しかった」と振り返る羽目になる。

それでも第三者から見れば、「たまたまでしょ」と言いたくなる事例が多い。本人が「予感」だと信じるほど、そこに具体性がないからだ。「何々したくない」という感情など、誰でも普通に覚えるものだろう。

もっとも次のような実話になると、また別かもしれない。

あるデザイン関係の仕事をしている男性は高校時代、今日から修学旅行だという日の朝、いきなり母親から「行くな」と言われた。あまりに突然だったので驚いたが、理由を尋ねても本人にも分からないらしい。ただ「行ってはならない」と強く感じたというのだ。

普段の母親からは、ちょっと想像できない言動だったため、さすがに彼も気になった。でも、一生に一度の修学旅行である。いくら母親に「行くな」と止められたからといって、素直に従うのは抵抗がある。

なおも引き止める母親に、「気をつけるから」と言って、彼は元気よく家を出た。しかし修学旅行先の旅館で事故に遭い、彼は半身に酷《ひど》い火傷《やけど》を負ってしまう。

この話こそ本物の「虫の知らせ」ではないかと思えるのは、日頃の母親には何らエキセントリックな言動がなかった、という事実があるからだろう。しかも予感を覚えるのは母親で、その対象者が我が子なのだから、よけいに信憑性《しんぴょうせい》がありそうに感じられる。

沙紅螺の予感も、この母親に近いものがあった。ただし彼女の場合は、そこに具体性が加わっていた。本人が覚えている限りでは、以下のような事例があったという。

ある朝、集合住宅の部屋から出勤しようとする父親に、沙紅螺は一言「くつ」と口にした。すると父親は通勤電車の中で、ヒールを履いた女性に靴の爪先《つまさき》を踏まれ、親指の爪を割る怪我をした。

幼稚園の園庭で、沙紅螺が友だちと砂場で遊んでいると、健也《けんや》という男の子が側を通った。その子を目で追ったあと彼女は、「ぶらんこ」と呟《つぶや》いた。しかし彼は滑り台で遊びはじめた。沙紅螺が友だちとの砂遊びに戻って少し経ってから、急に園庭が騒がしくなった。そっちのほうに顔を向けると、ぶらんこから健也が落ちていた。

ある冬の日の午後、沙紅螺は叔母《おば》が連れてきた幼い従妹を見つめたあと、「まっか」と叫んだ。その従妹は叔母が目を離した隙に、石油ストーブの反射板に手を突っ込んで、燃焼筒を危うく触りそうになった。母親が充分に注意をしていたため、これは未然に防ぐことができた。

母親が仲の良い近所の小母《おば》さんと、しばらく立ち話をしたとき。別れ際に小母さんに対して、沙紅螺は「ながいぼう」と言った。すると小母さんが家に帰る途中で側を通った、リフォーム中の住宅の足場から鉄の細長い棒が落下してきて、彼女の左腕をかすめた。洋服は破けてしまったが、幸い軽傷ですんだ。

買物に出かけようとする母親に対して、沙紅螺は「くるま」と注意した。それで外出を取り止めると、いつも母親がスーパーに行く道筋で、通行人を巻き込んだ交通事故が起きた。

――という不思議な出来事が、特に沙紅螺が幼いころには、もう数え切れないほどあった。かといって年齢が上がるとなくなったわけではない。彼女が長じるにつれ口にする回数が減ったため、その当否の有無まで確認できる事例が少なくなったのである。

どうして沙紅螺は、虫の知らせを話さなくなったのか。

彼女の話を聞くうちに、自分の死視と非常に近しい理由があったことを、弦矢俊一郎は悟った。

沙紅螺はその人を案じて教えているのに、必ずしも相手はそう受け取らない。そういう場合があると、次第に彼女は分かりはじめたらしい。むしろそんな警告をした彼女のせいで、自分は災難に見舞われたと感じる者が、少なからず存在した。「悪魔」や「死神」と罵《ののし》られた俊一郎ほど酷くはないが、そのまま彼女が感じたことを口にし続けていれば、いずれは似た扱いを受けていたかもしれない。

身近な人で言えば、父親がそうだった。「訳の分からん変なことを、お前が口にするからだ」と、しばしば沙紅螺を責めた。そのたびに母親は「あなたを心配して……」と庇《かば》ったが、父親には通じなかった。

そんな理不尽な目に遭うのなら、他人にではなく自分に関する予知だけを行なえばよいのだが、皮肉にもそれは無理だった。彼女の虫の知らせは、あくまでも第三者に対してのみ働いた。

母親が病気で亡くなって――この予感も沙紅螺は覚えたが、それで母親を救うことは叶《かな》わなかった――しばらく経ったある週末のこと。いきなり父親から、五十歳くらいの「海松谷《みるや》」という珍しい名前を持つ、背広姿の男性を紹介された。これまでに二人は何度も会っており、もう話はついていると、突然そう告げられた。あとは彼女の考え次第だという。

海松谷の説明を聞いて、沙紅螺は耳を疑った。彼女と同じく「特殊な能力」を持った子供だけを対象にした、特別な研究所が覺張学園都市の中にある。そこでは衣食住が無償で保障され、年齢に合わせて学校の授業と同じ内容の勉強もできる。もちろん中学校と高校の卒業資格も取れる。

その代わり研究所の一員となって、自分の能力を伸ばす訓練を受けなければならない。だからといって辛《つら》くて厳しいことなど少しもなく、言わば学校のクラブ活動のようなものだと言われた。

沙紅螺は正直、少し怖さを覚えた。だが同時に、かなり好奇心も刺激された。それでも母親が存命であれば、親と離れてまで行きたいとは思わなかっただろう。しかし「今後はお父さんとは、別々に暮らすことになるけど」という海松谷の心配が、逆に彼女の決心を促す一押しになった。

父親と別れて覺張学園都市に赴いた沙紅螺は、学生寮のような施設で生活するようになる。何か理由があって認められれば、学園都市内の集合住宅で独り暮らしをすることも可能だったが、彼女をはじめ誰一人そこを出ていく者はいなかった。なぜなら個室を与えられたうえに、三食がついていたからだ。十八歳になって退寮しなければならなくなったとき、ほぼ全員が残りたいと希望するらしい。

その学生寮から彼女は毎日、〈ダークマター研究所〉と呼ばれる施設へ通った。そこで中学校の勉強と、自らの能力を伸ばす訓練を受ける。それが日課となった。

ダークマターとは「暗黒物質」と訳され、宇宙空間に存在すると考えられている仮説上の物質を指す。だからといってこの研究所が、それを学問的に調べているわけではない。沙紅螺のように特殊な才能を持つ子どもたちの、その能力を研究している機関だった。実際の活動とかけ離れた名称を持つことからも分かる通り、研究所で行なわれる何もかもが極秘だったのである。

そういった事実を隠すために、研究所は学園都市内にあった。ここでは他にも特殊な研究を行なう機関が多く、その内容が極秘扱いされている場合も少なくない。こういった研究所を紛れ込ませるには、まさに打ってつけの場所だった。そのうえ用心には用心を重ねて、研究所は天下り先の「箱物」らしいという噂も流してある。だから学園都市で働く者、住む者の誰一人として、この研究所の真の顔を知る者はなかった。

よってダークマター研究所に関して、またそこでの体験について、これ以上は話せないと沙紅螺は断った。

「君は依頼人で、俺は探偵だ」

そこで俊一郎が、嚙《か》んで含めるように、

「しかも死相学探偵という、他人を死視したうえで将来の死因を突き止める、かなり特殊な探偵になる。だから俺が事件を解き明かすためには、依頼人のことを充分に知らなければならない。いくら秘密事項だからといって、あなたの背景を隠されては、こっちは手も足も出せなくなってしまう」

「そうね。分かった」

沙紅螺は納得したように頷《うなず》くと、さらに話しはじめた。

この研究所を運営しているのは、国の某機関と民間の大企業の数社らしい。海松谷は研究所の所長で国家公務員だったが、研究所の職員の中には各々の企業の社員もいるという。これだけでも利害関係が、相当に入り組んでいると分かる。

だが、そういう肝心な事実を、沙紅螺たちは何も知らされなかった。また彼女たちも、あまり興味を持たなかった。子どもたちの多くは、家族との人間関係に何らかの問題を抱えていた。各人の持つ特殊な能力が、その原因だった。より正確に言うと、そんな力を有する子どもを、両親も祖父母も持て余したわけだ。そこには本人の兄弟姉妹も含まれる。

沙紅螺に当てはめた場合、それは父親になる。

個人差はあるものの今まで、子どもたちは似た環境で暮らしてきた。だからこそ家を離れられて、誰もがほっとした。連れて行かれた先が何なのか、その正体が気になるよりも、自分を受け入れてくれる場所が存在することのほうが大きかったのである。

ただし年齢を重ねるにつれ、沙紅螺はこう考えるようになった。

この研究所に集められているのは、家族との関係が上手《うま》くいかなくなった子どもたちだけなのではないか。

彼女も母親が生きていれば、ここへは来なかった。父親と二人になったので、どこへでも行く気になった。きっと所長の海松谷は、同じような境遇の子どもばかりを選んでいるに違いない。保護者と話をつけるのにも、何かと都合が良いからだろう。

学生寮で共同生活をしていても、他の子どもたちの生い立ちなど、沙紅螺は何も知らなかった。たとえ相手と仲良くなっても、それは変わらない。「立ち入ったことは訊《き》かない」という暗黙の了解が、寮でも研究所でも感じられたからだ。

そもそも「沙紅螺」が偽名だった。事前に「今後はネット上のハンドルネームのような呼び名が必要になります。だから自分の好きな名前を考えてください」と海松谷に言われて、彼女自身が決めた。他の子どもたちも同じだった。

本名を名乗らない、名乗らせないという環境を整えたのは、子どもたちの個人情報を守秘する目的が、おそらく研究所にあったからだろう。

これを聞いたとき俊一郎は、一瞬ぎくっとした。黒術師が企画した例のバスツアーの際にも、参加者たちは互いにハンドルネームで呼び合ったからだ。その忌まわしい記憶が蘇《よみがえ》り、何となく嫌な気分を覚えた。ただの偶然に過ぎないと、もちろん思うことにしたのだが……。

いっしょに暮らす子どもたちの本名さえ秘密の状態だったが、それでも学生寮の生活と研究所での「授業」と「訓練」に慣れるにつれ、自然に察せられることも多くなっていった。また仲良くなった職員との世間話の中で、ぽろっと相手が不用意に漏らす場合も、偶然ながらあった。こちらが子どものため、つい油断するのだろう。ただし学生寮で働く人たちは、まったく研究所とは関係がなかったため、そこから得られる情報は何もなかった。

とはいえ子どもだった沙紅螺たちにとって、これだけでは限界があった。大人が教えてくれない限り、どうしても彼女たちには知りようのない問題が、それこそ周りには山積みだった。

でも沙紅螺たちには、雛狐《ひなこ》がいた。彼女という心強い存在のお陰で、本来なら絶対に近づけない秘密の一端を、時に垣間《かいま》見ることができた。なぜなら雛狐には、ある特殊な能力があったからだ。

読心術。

他人の心の中を読むことが、彼女にはできた。もっとも時と所と人を選ばずに、というほど決して万能ではない。ある程度の縛りが、どうしても邪魔をした。

それは沙紅螺も同じだった。ただし、その事実を本人が知ったのは、研究所に来てからである。虫の知らせが発動するのは、彼女が親近感を抱く人物だけに、実は限られていたのだ。

まず両親が当てはまった。幼稚園の健也は、初恋の相手である。叔母《おば》には苦手意識があったものの、従妹は大好きだった。近所の小母《おば》さんは母親と仲が良かったので、沙紅螺も好意を持っていた。

ちなみに従妹が助かったのは、母親が娘の能力を信じていたお陰である。母親自身が無事だったのも、同じ理由による。小母さんは母親から聞いた沙紅螺の力を、やはり信じており、それで注意していたらしい。

雛狐が読心術を発揮できる相手にも、やはり何らかの条件が必要だった。具体的な話は沙紅螺が言葉を濁したので、俊一郎も深くは突っ込まなかった。

よって雛狐に対して研究所の職員たちは、他の子どもに接するときよりも充分に注意をしている様子が窺《うかが》えた。しかし、防備は完全ではなかった。そのため断片とはいえ彼らの思考を、しばしば彼女は捉《とら》えることに成功した。

この「ささやかな抵抗」とも言える行為には、雛狐より二歳下になる火印《かいん》と阿倍留《あべる》の双子の兄弟も協力した。火印が兄で阿倍留が弟だったが、二卵性双生児だったため、まったく二人は似ていない。それどころか弟は美少年で、中学生としか思えない華奢《きゃしゃ》な身体をしているのに、兄は容姿に恵まれず、とっくに成人しているように映った。かように見た目は完全に異なっていたのに、この二人の間にはある特別な能力が存在した。

精神感応。

火印が脳裏で思い描いた映像や言葉を、阿倍留は受け取ることができた。テレパシーである。兄と弟が別々の部屋に入れられていても、一向に問題はなかった。片方が屋内に、もう片方が野外にいても同様だった。とはいえ距離の限界はあったようだが、そこは沙紅螺も言葉を濁した。

ただし、大きな問題があった。阿倍留の口が非常に重かったことだ。火印との会話は成立したが、それも兄が話しかけたときだけだった。放っておかれると阿倍留は、いつまでも無言だった。兄ではない第三者が話しかけても、まったく応じなかった。相手が研究所の職員でも同じである。

仮に火印がA地点にいて、阿倍留がB地点にいたとする。そこでA地点で火印が見聞した何かを、B地点の阿倍留に伝えることができても、本人が喋《しゃべ》らない限り第三者には一向に分からない。火印がB地点まで来て、阿倍留に口を開かせ、ようやくテレパシーが成功したと知る羽目になる。

「実験なら結果が出たことになるけど、これでは実戦で使えないわね」

研究所の職員たちの責任者で、「主任」と呼ばれている「海浮《かいふ》」という女性が大きく溜息を吐くのを、雛狐が「読んだ」ことがある。

では、火印から阿倍留へではなく、その逆に弟から兄へテレパシーは使えないのかと言えば、かなり難しいらしい。ただ職員たちが把握しているよりは、ほんの少しだけなら可能だという。

この事実を子どもたちの多くは知っていたが、誰もが黙っていた。なぜなら逆にすると、二人の疲労が酷《ひど》くなったからだ。もし逆でも可能と分かれば、おそらく職員たちは二人に強いるだろう。子どもたちの間にも「誰々とは仲良しだけど、あいつは嫌い」という人間関係が当然ある。でも、他の子を売るような真似をする者は、さすがにいなかった。

にもかかわらず火印と阿倍留は、その逆をたまに行なうことがあった。職員たちの言動を窺いたいときである。少しも喋らなくて大人しい阿倍留は、火印が側にいないと、本当に空気のような存在になる。そのため職員たちは彼が側にいても、つい油断してしまうらしい。そういう場で漏れ聞いた重要な話が、しばしば阿倍留から火印へと伝えられた。

このようにして雛狐と、火印と阿倍留の兄弟から得られた情報は、子どもたちの間で共有された。その結果、自分たちのおかれた特殊な状況を、彼女たちなりに理解していった。

ここで俊一郎は好奇心を抑えきれずに、一つ質問をした。

「ついさっき実戦という言葉が出たけど、君たちの能力が実験以外の場で試されたことは、これまでにあったのか」

アメリカでは軍とＣＩＡにおいて、かつて超能力が熱心に研究され、実際に軍事で使用された例があったという。日本では軍事利用の可能性など低いだろうが、国と民間企業が少なくない経費をかけて研究している以上、そこに何等かの見返りを求めないはずがない。そう考えた俊一郎は、どうしても尋ねたくなり、そんな質問をしたのだが――。

「もちろん、何度もあるよ」

沙紅螺の答えは、あっさりしていた。ただ、どんな実戦を経験して、その結果はどうだったのか、という肝心な話はやはり他言できないらしい。他の子どもの実戦についても同様である。

「これで一応、私たちを取り巻く背景が、少しは分かってもらえたかな」

彼女の確認に、いささか俊一郎は納得しかねる口調で、

「もっと詳しく説明してくれと頼んでも、ほとんどが機密事項だってことに、きっとなるんだろうな」

「うん、理解が早いね。最初に言っておくと、研究所や職員、そこでの勉強や研究、ま

た学生寮のことなんかは、おそらく今回の依頼とは、ほとんど関係ないと思う。だから弦矢くんも聞くだけ、きっと無駄だよ」

そう決めつけられるのは癪《しゃく》だったが、依頼内容を確かめたうえで必要に感じた問題があれば、それが仮に秘密であっても問い質《ただ》せばよい。隠されたままだと事件に取り組めないと言えば、沙紅螺も何らかの対応をせざるを得ない。

そんな風に考えた俊一郎は、先を促した。

「じゃあそろそろ、なぜ自分に死相が視《み》えると思うのか、その理由を聞かせてくれ」

「切っかけは、経費削減よ」

思わず耳を疑うような、ちょっと場違いな言葉が沙紅螺の口から出た。

「研究所の予算が、削られたってこと？」

それに彼女は頷きながらも、そこに信じられない説明を加えた。

「だから誰かが人件費を減らすために、私を殺そうとしたのよ」

三　異能者たち

沙紅螺《さくら》が弦矢俊一郎探偵事務所を訪ねる六日前に、雛狐《ひなこ》がダークマター研究所の所長である海松谷《みるや》と主任の海浮《かいふ》の心を読んだことが、今回の事件のはじまりだった。

実は数ヵ月前から、研究所内の空気がどことなく変だと、沙紅螺たちも気づいていた。彼女らの特殊な能力のせいではなく、何年間も研究所に通い続けているお陰で、何となく察せられたのである。

そこで雛狐に頼んで探ってもらった結果、驚くべき情報が得られた。

研究所の予算が大幅に削られるため、そのうち人員整理が行なわれるらしい。その対象には職員だけでなく、「年長組」の沙紅螺たち七人も入っているという。

学生寮で生活する子どもたちを「年少組」、十八歳になって寮を出た者たちを「年長組」と、研究所では呼び分けていた。前者は勉強もあるため、自然と訓練は別になることが多い。そのため交流もほとんどなかった。

この二つのグループのうち、どうやら年長組だけがリストラの対象になっているようなのだ。

「ええっ？　だってうちらは、研究されるほうやんか」

少なくとも出身は関西だと丸分かりの「看優《みゆう》」が、素《す》っ頓狂《とんきょう》な声をあげた。親しみやすくて元気なのは良いが、ちょっと早とちりなところがある。一言で表現すると「おっちょこちょい」だろうか。

このとき彼女たちがいたのは、沙紅螺が賃貸で借りている集合住宅の一室だった。年齢は沙紅螺、雛狐、看優の順に一歳ずつ下がっていく。

「それがね」

まるで自分が非難されたかのように、雛狐が申し訳なさそうな口調で、

「私たちのほうにこそ、むしろ厳しい人員整理があるみたいで……」

「そろそろ見切りをつけるわけか」

沙紅螺は納得した物言いをしたが、看優は違った。

「どういうこと？」

「つまり実戦で役立たないと判断された者は、ここでお払い箱になるわけ」

「そんな……」

看優は相当なショックを受けたらしい。

「だったらうちなんか、真っ先に切られるやんか」

彼女が持つ能力は、かなり特殊だった。それを本人が最初に発揮したのは、まだ幼稚園に行く前である。

その日、看優は新聞といっしょに入っていたチラシの裏白部分に、クレヨンで絵を描いていた。でも裏が白いチラシは、あまり多くない。すぐになくなってしまったので、彼女は不満だった。それにもっと大きな絵を描きたい。

母親が買物から戻ってきたとき、看優は和室の襖《ふすま》をキャンバスにして、思いっ切りのびのびとクレヨンをふるっていたという。

「何してるの！」

大きな声で怒鳴られ、彼女は自分が大きな間違いをしたと気づいた。このままでは母親に酷く怒られる。それは嫌だし怖い。何とか隠さないと――と強く思ったが、どうしてよいのか分からない。

彼女が絶望感に苛《さいな》まれていると、急に母親が静かになった。今まで怖い顔で怒っていたのに、ぽかんとした表情を浮かべている。

「……看優は、ここに、絵を、描いてた。そうよね」

母親が一言ずつ区切りながら、指差す襖に目をやると、なんと絵が消えていた。どうしてなのか、ちんぷんかんぷんである。でも確かに襖は綺麗《きれい》なままで、絵の跡形など少しもない。

そこで彼女は、ふるふると首をふった。それからクレヨンを使ったチラシを手に取って、恐る恐る母親に見せた。

「あっ、チラシに描いてたの。ごめんね」

母親は無理に笑顔を浮かべつつ、片手を額にやりながら、

「……ママ、ちょっと疲れてるのかも」

このとき看優は、おそらく生まれてはじめて罪悪感を覚えた。母親に悪いことをしたと、強く反省した。だからといって襖に絵を描いたことを、わざわざ告白しなかったのは、やはり怒られるのが嫌だったからだろう。

それに正直、どうすれば再び絵が現れるのか、彼女には見当もつかない。第一その前

に、なぜ襖が元の状態に戻ったのかが、まったくの謎だった。

その日の夜、父親が帰宅して、親子で夕食をとり、母親も看優もすっかり落ち着きを取り戻したところで、襖の絵が出現した。

最初に気づいたのは父親で、「おいおい、また派手に汚したもんやなぁ」という声が和室から聞こえた。「何のこと？」と尋ねる母親といっしょに、看優もキッチンから和室へ行ったのだが、そこで二人とも絶句してしまった。

「……看優、これを描いたんは、いつ？」

母親は怒ることなく、彼女に尋ねた。だから本当のことを言った。

「やっぱり、そうなんや」

母親は半ば納得しながらも、あとの半分は戸惑いつつ怖がっているようだった。

この看優の驚くべき力は、その後も何度か発揮された。ただし回数は非常に少なかった。本人の意志でどうにかできるものではなく、彼女がかなり追い詰められる状況に陥らなければ、この力は発動しなかったからである。

特定の相手に対して、看優が見せたいと願う幻視を起こさせる。

自分の特殊な能力の正体について、看優本人が理解できるようになったのは、小学校の中学年くらいだったという。幼かったせいもあるが、そこまでの事例が少な過ぎたため、なかなか分からなかったらしい。

娘の力に関しては、父親は無頓着《むとんちゃく》だったが、母親は明らかに怯《おび》えていた。だからなのか母親は幼い弟の面倒にかまけて、看優を避けるようになる。

それから研究所にやって来るまで、彼女の家庭で何があったのか、もちろん沙紅螺は知らない。どれほど仲良くなっても、自分の家族の話をする者は、まったくと言ってよいほどいなかった。

看優は研究所での訓練の結果、第三者の身の上に幻視を意図的に起こして、それを不特定多数の人々に視せることが可能となる。ただし幻視を起こす相手との、人間関係と距離と感情に、どうしても大きく左右されるらしい。

どういうことかと言うと、人物Aが少なくとも彼女に関心を持っており、そのAと十数メートルも離れておらず、Aが幻視と同じ状況を願望している――という条件が整わないと、彼女の能力は発揮できないようなのだ。

「けど実戦の相手って、はじめて会う人が多いやろ。その人物がたくさんの観客の前におるとき、いきなり幻視を起こさんとあかんのに、うちは対象者のことを資料の上では知っとっても、実際には顔見知りでさえないんや。それで幻視を起こせ言われても、ちょっと無理やわ」

看優の絶望的な口調に、沙紅螺も雛狐も黙って頷くしかなかった。

「そうなるとうちは、ほとんど役立たんことになる」

「……でも、ちゃんと成功した例も、あるでしょ」

雛狐が遠慮がちに指摘したが、看優は相変わらず落ち込んでいる。

「それに看優ちゃんよりも、私のほうが評価は低いんだから……」

「けど雛狐さんは、所長のお気に入りやん」

それも彼女の能力を買っているというよりも、まるで娘のように想っている節があった。これは本人にも自覚があるらしく、さすがに反論できないでいる。

「実戦に問題があるっていうなら、火印《かいん》と阿倍留《あべる》もそうでしょ」

そこで沙紅螺もフォローしたのだが、

「あの二人は——特に阿倍留は、海浮主任のお気に入りやん。実戦どころか訓練で失敗が続いても、主任は怒らんやろ。うちとは、えらい違いや。こっちは能力も低いし、誰のお気に入りでもないからなぁ」

まったく効果がなかったので、すかさず続けて、

「いいや、年長組でリストラがあるとしたら、真っ先に候補になるのは、どう考えても翔太朗《しょうたろう》だよ」

「インチキやからか」

沙紅螺の意見に、ようやく看優が食いついてきた。

翔太朗の特殊能力は、対象となる物体に手を触れずに動かすことができる念動力だった。ただし沙紅螺に言わせると、それは完全に詐欺らしい。

「だってあいつが得意なのは、スプーン曲げだよ」

「それは、ほんまもん？」

「……みたいね」

「その他の実験は、ほとんど失敗してるっていうのも、ほんまなん」

「実際に確かめたわけじゃないけど、そういう噂が前から流れてるのは、看優も知ってるでしょ」

「うん。せやのに他の者のことは、えろう莫迦《ばか》にするんや」

「そうそう、私なんかも――」

「いいや、沙紅螺さんと紗椰《さや》については、あいつもさすがに認めてる。けど、うちや雛狐さんなんか、もうボロクソやからな。無能力者のレッテルを貼っとるわ」

「失礼な。自分こそ、まったく何の能力もないのに」

「火印と阿倍留に対しても、同じ見方をしとるけど、うちらほど酷《ひど》うないんは、あいつの男尊女卑のせいやと思う」

「いつの時代の人間なの。とっとと辞めて欲しい」

「せやのに、まだ研究所におるんは――」

「あいつの親が、研究所に資金を出してるから、という噂も本当でしょ。そうまでして研究所にいたいのは、『俺は超能力者だ』って、自分を特別視したいためだけなんだから、ただの莫迦よね」

「本物の能力者やったら、そんな自慢、絶対にせぇへんのに」

「あとはパソコン機器オタクのところが、職員の間で重宝されてるけど、それなら専門家を雇うべきよ」

「でも最近は、ご両親からの資金提供も、ちょっと滞ってるみたい」

二人に比べると大人しくて、何かと遠慮がちな雛狐だが、時にこういう発言をするため、なかなか侮れない。そんな風に沙紅螺は、前々から思っている。

「そうなんだ。だったらあいつが、やっぱり一番のリストラ候補だわ」

「そして彼の逆で、絶対に最後まで残るのが、紗椰やろうね」

看優は何気なく口にしただけだったが、これに沙紅螺はかちんときた。

年長組で特殊能力のみならず、その容姿まで沙紅螺と競っていたのが、同じ年齢の紗椰だったからだ。

彼女が持つ力は、透視だった。しかも、それが非常に優れていた。これまでの実戦で最も成果を出しているとも言われており、そこは沙紅螺も認めざるを得なかった。だが、どうしても好きになれない。自分の能力と美貌《びぼう》を誇るあまり、他の年長組のメンバーを下に見る傾向があったせいだ。

その中には当然ながら翔太朗も含まれているのに――いや、むしろ彼など最大級に軽蔑《けいべつ》しているくせに――何度も言い寄ってくる彼に、いつも思わせぶりな態度を示している。ちやほやされるのが、何よりも好きだからだろう。

最初の一回で翔太朗に肘鉄《ひじてつ》を食らわせた沙紅螺から見れば、紗椰の媚《こび》を売る様子は、本当に虫唾《むしず》が走るとしか言いようがない。

「うちは、ここの世界しか知らんから……。もしも放り出されたら、たちまち生きていけんのとちゃうかなぁ」

看優の自分に対する悲観的な見方は、ぐさっと沙紅螺にも突き刺さった。

早ければ小学生のとき、遅くても中学生の間に、誰もが家族と離れて学生寮に入り、研究所に通い出している。そういう意味では全員に、どこか世間知らずのところがあった。学生寮の職員たちは温かく、研究所での勉強も公立の小中学校と比べて遜色《そんしょく》はないはずである。

でも自分たちは、閉じられた世界にいる。

いつのころからか沙紅螺は、そんな風に感じられて仕方なかった。自由がないわけではない。学園都市への出入りも普通にできる。それに十八歳を過ぎて学生寮を出るとき、研究所を「卒業」する選択もあった。引き続き残るか、おさらばするか、決めるのは本人だった。

ただし能力が高いと認められている者は、研究所が引き止めた。年少組なら訓練次第で、まだ伸びる可能性がある。だが年長組では、もう大して見込めない。そういう判断があるのだと、全員が理解していた。

沙紅螺たち七人の中で引き止められたのは誰で、声をかけられなかったのは誰か――については、みんなが知らなかった。あえて訊《き》かずに、また教えないことにしたからだ。これまで自分たちに関わる研究所がらみの情報は、すべて共有してきた。だが、これだけは各々の胸に仕舞っておこうと、誰が言うでもなく自然に決まった。

「俺は当然、引き止められたよ」

もっとも翔太朗だけは、まったく誰も尋ねていないのに、自分から触れ回った。しかし、それが嘘である――もしくは親が出す資金のせいである――ことは、みんなが知っていた。

あのときとは違って、今度は自分たちの意思に関係なく、ほぼ強制的に追い出されそうなのである。

「私は放り出されたら、間違いなくとほうに暮れるけど、看優はやりたいことがあるでしょ」

沙紅螺が励ますつもりで言うと、

「そうやな。小学生のときに憧《あこが》れた、看護師になるチャンスか」

少しは前向きになったので、ほっとした。

看優の「看」の字は「看護師」から取ったと、前に本人から聞いていた。つまり「優しい看護師」が、彼女の名前の由来だった。それを沙紅螺は思い出したのである。

この騒動には、まだ続きがあった。研究所が経費削減の危機を迎え、そのため年長組でリストラが行なわれそうだ――という雛狐の情報が全員に伝わった翌日、誰かが全員の能力を勝手に評定したレポートを、所長の海松谷に宛てて提出したらしい。ただし、それが誰で、どんな内容だったのか、雛狐にも分からなかったという。

とはいえ何者かが、リストラに影響を与えるために、そんなレポートを作成したことは、まず間違いないだろう。

「犯人は絶対に、あの莫迦に決まってる」

沙紅螺が自信を持って指摘した相手は、もちろん翔太朗である。

「あいつは自分を有り得ないほど高く、他のみんなを不当なほど低く、きっと評価したに違いない。そんな嘘の書類をでっち上げてでも、研究所に残りたいと思うのは、あいつしかいない」

沙紅螺は怒りまくり、翔太朗を問いつめて締め上げると息巻いたが、雛狐と看優に止められた。

「そもそも所長が、そんなレポートに取り合うわけないやん」

特に看優の指摘に、沙紅螺は頷《うなず》く格好になった。

それは何も海松谷が優れた管理者だったからではなく、所長という役職にありながら、ほとんどやる気がないのではないか、と年長組の七人から見られていたせいである。逆に主任の海浮は、ややのめり込み過ぎかもしれない。

少なくとも沙紅螺をスカウトした当時は、海松谷も彼女たちを育てたいという強い気持ちが感じられた。海浮に負けないくらいの熱気を持っていた。それが年月と共に薄れていって、今では何を考えているのか分からない人物になってしまった。

――という箇所まで彼女の話が進んだところで、俊一郎は今回の依頼に関わりそうな人物の情報を、左記のような順でまとめた。

名前（所長と主任も本名とは限らない。そもそも下の名前を誰も知らない）、年齢、各人が持つ特殊能力、その能力を十点満点で評価した数字、その能力を実戦で使った場合の十点満点評価。

二つの判定結果は、海松谷に出された怪しいレポートを基にしたものではなく、研究所の正式な極秘資料である。それを紗椰が透視で見つけたらしい。なお、七人は点数順に並べてある。

海松谷（59）研究所の所長。
海浮（41）研究所の主任。
紗椰（21）透視＝能力判定（9）＋実戦判定（8）。
沙紅螺（21）予知＝能力判定（9）＋実戦判定（7）。
火印（18）精神感応＝能力判定（8）＋実戦判定（5）。
看優（19）幻視＝能力判定（8）＋実戦判定（4）。
雛狐（20）読心＝能力判定（8）＋実戦判定（3）。
阿倍留（18）精神感応＝能力判定（7）＋実戦判定（3）。
翔太朗（18）念動＝能力判定（5）＋実戦判定（1）。

「だいたい合ってるけど、翔太朗の能力判定だけは、過大評価もよいとこね」

沙紅螺は辛辣《しんらつ》な評価を下しながら、

「そもそも以前の評価は、7や6だったらしいの」

「えっ？　これまでの話と違って、かなり高いじゃないか。つまり年齢と共に、彼の念動力が減じたってことか」

俊一郎が素直に感じたままを言うと、むっとした表情で彼女が、

「あなた、本当に探偵なの」

「な、何だよ」

「彼が研究所で評価されてたのは、親が研究資金を援助してた、そのお陰だって言ったでしょ。それが滞り出したんだから、能力の評価が段々と落ちるのも、当たり前じゃないの」

「無茶苦茶だな。本人の能力とは、何の関係もないだろ」

俊一郎は呆《あき》れてしまったが、沙紅螺は悟ったような顔で、

「いつ、どれほど、実際に役立つのか分からない、そういう能力の研究をするんだから、お金はいくらでも欲しいんでしょ」

と言ったあと彼女は慌てて、

「あいつの評価は、だから信用できないけど、他のみんなは本物よ」

「彼を除くと、本当に全員が高いな」

ただし実戦となると、沙紅螺と紗椰の二人以外は、あまり使えなそうである。その点を指摘したところ、

「こういう能力って、メンタルの問題が大きいの。看優や雛狐は優しいから、本番になると無意識に怯《おび》えるんだと思う。逆に私や紗椰は冷たい性格なので、それなりに冷静に対応できる。そういう差がね、どうしても出てしまうわけ」

そうなると研究所としては、経費の削減を進めるために、本番で使えない者はお払い箱にするしかなくなるのか。

口には出さずに考える俊一郎に、沙紅螺は悪戯《いたずら》っぽい眼差《まなざ》しで、

「よく考えたら弦矢くんも、研究所にいて可怪《おか》しくない人材よね」

とんでもないことを言い出した。

「しかし俺は、他人の死相が視《み》えるだけだからな」

「その死相が出る原因――つまり死因を、あなたは突き止めるんでしょ」

「探偵としてな。そこには特殊な力なんて、何もない」

「ふーん」

彼女の反応は、「そんなことないでしょ」とも「なーんだ、そうなの」とも、どちらとも受け取れたが、

「これで背景は分かったから、そろそろ肝心の話をしてくれるかな」

俊一郎は気にせずに、さっさと先を促した。

「そうね」

沙紅螺は短く応じると、これまでの快活だった口調から一転、妙に重苦しい物言いで、恐ろしい体験を語りはじめた。

黒衣の女（一）

その人物がダークマター研究所から出て、少し離れた公園のベンチで休憩していたときである。

黒っぽい身形《みなり》をした若い女性が、ごく自然に近づいてきて隣にすっと座った。他のベンチが塞《ふさ》がっていたわけではないので、その人物は「なぜ？」と思ったものの、特に不快感は覚えなかった。隣といっても真横ではない。それなりに間は開いており、パーソナルスペースを侵された感じがしなかったからだろう。

ただ、ちょっと驚いたのは、何気なく目をやったところ、まったく顔が見えなかったことである。そろそろ梅雨入りしようという時季なのに、薄い黒のベールを被《かぶ》っている。まるで喪に服しているかのように……。

もっとも変だとは、あまり感じなかった。その奇妙な格好が、なぜか自然に映ったせいだ。

だから女性が話しかけてきても、普通に受け答えをした。本当は考え事をしていたため、ちょっと迷惑だったが、相手の人当たりの良さに、気がつけば引き込まれてしまっていた。

そのせいか、何だか妙だぞ……と警戒心を抱いたときには、もう遅かった。いや、それよりも前に、やたらと研究所の内部事情に通じていると分かった時点で、その人物は本人の自覚がないままに、目の前の女性に取り込まれていたのである。

その人物は、知り合ったばかりの不可思議な女性を介して、「黒術師」という存在を知った。と同時に、あっという間に黒術師の信奉者となり、邪魔者を排除する呪術《じゅじゅつ》「九孔の穴」の使用を認められていた。

それに加えて、我が身を隠す呪術「黒蓑《みの》」も特別に伝授された。これは主として肉体に用いられる術だが、別に透明になれるわけではない。本人が脳裏で思い描く姿形に、短時間とはいえ化けることが可能だった。もっとも実在する人物に成り済ますには、かなりの訓練が必要になる。一番無難なのは、何処にでもいそうな平凡な人に化す方法だろう。また黒蓑は使い方によって、心的な部分を秘すこともできた。九孔の穴の対象となる犠牲者たちが、普通の人間ではなく能力者であるため、今回は特例として黒蓑が授けられたらしい。

こうしてその人物は、近日中に起きるであろうダークマター研究所連続不審死事件の

「犯人」に、密《ひそ》かになれる権利を得たのである。

この犯人と黒術師の関係を取り持ったのは、「黒衣の女」と呼ばれる存在だった。

四　沙紅螺

ダークマター研究所の所長である海松谷《みるや》に、年長組の能力を評定した怪しげなレポートが送られたらしい、という雛狐《ひなこ》の情報が流れた翌々日の夕方、沙紅螺《さくら》は帰宅の途上にあった。

研究所は覺張学園都市の中心から見て、かなり西の外れに位置しているのに、彼女が住む集合住宅〈葉桜《はざくら》コーポ〉は北東の方角にあり、徒歩で二十五分ほどかかる。十八歳まで暮らしていた学生寮が、ほとんど研究所に隣接していた立地を考えると、いきなり「通勤」が遠くなったわけだ。

高校の学業が終了した時点で、年長組の七人は研究所へ行くことを「通勤」と見なすようになる。それで生活費を保証されるうえ、いくばくかの対価も得ているのだから、別に間違ってはいない。

「そんな所に住んだら、通勤が大変になるやんか」

「もっと近くに、良い部屋があるよ」

看優《みゆう》と雛狐は心配してくれたが、むしろ研究所と離れているほうが、沙紅螺には好ましかった。これまでの学生寮と研究所の行き来がなくなると考えたとたん、オンとオフの区別をはっきりつけたい、という気持ちが強くなったからだ。

翔太朗《しょうたろう》や紗椰《さや》など苦手な子もいたが、みんなとの共同生活は楽しかった。最初は怖かった研究所の訓練も、そのうち結果が出はじめると、やりがいを覚えた。だから今までの日常が変わらずに続けば、彼女は何の疑問も抱かずに、引き続き学生寮と研究所を行ったり来たりしていたと思う。

でも、学生寮を出なければならない、と改めて気づいたところで、沙紅螺は個人的な自由が欲しいと感じた。寮でも個室を与えられ、その気になればプライバシーが保障される。だが、そうはいっても物理的な距離が、みんなと近過ぎた。

せっかく寮を出るんだから——。

わざと離れた場所を、彼女は選ぶことにした。もしかすると紗椰も同じかも、と考えたのだが、それは見事に外れた。他の者たちは仮に研究所から離れるにしても、徒歩十五分までを目安とした。看優と雛狐の二人が心配したのも、そう考えると無理はなかったのかもしれない。

しかしながら当の沙紅螺は、この新たな通勤を大いに満喫した。ある程度の時間をかけて歩くことで、彼女が願っていたオンとオフの切り替えが自然にできた。前もって目をつけていた、葉桜コーポから研究所まで通じる緑道を利用するため、ちょっとした四季の変化も楽しめる。彼女にとっては通勤そのものが、とても好《よ》い気分転換になったのである。

もっとも強い風雨や酷暑や酷寒の日などは、もっと近くにしておけば……と少し後悔を覚えることもあった。だが一年を通して見た場合、おおむね彼女は満足していたと言える。

その日を迎えるまでは……。

問題の日、あまり代わり映えしない訓練が終わっても、沙紅螺たちは帰ることなく研究所にぐずぐずと残っていた。例のリストラの情報を探るために、職員たちと談笑していたのである。

こういうとき七人は、日頃の仲の良さや悪さに関係なく、自然に一致団結するのだから面白い。各々が自らの能力を発揮して、全員に役立つ情報を得ようと奮闘する。もっとも実際に使えて即効性があるのは、雛狐の読心術と紗椰の透視くらいだった。だからこそ職員たちも、この二人を警戒した。それを油断させるために、他の者が全面的にバックアップするのである。

ただ残念ながら、もうすぐ梅雨に入る時季なのに、朝から気持ち好く晴れ渡ったこの日、新たに得られた情報は皆無だった。経費削減とリストラが、確実に行なわれるであろう事実を、改めて確認しただけに留《とど》まった。

にもかかわらず七人が研究所を出たとき、もう日は暮れようとしていた。誰もが徒労感を覚えつつ、「また明日《あした》」と言い合って別れた。

もっと早い時間だと、看優と雛狐が回り道になるのに、わざわざ緑道の途中まで付き合うこともあったが、この日はさすがに違った。沙紅螺は独りで、石畳の道を辿《たど》りはじめた。

この緑道は学園都市をぐるっと一周するだけでなく、その内部まで網の目のように通っていた。よって時間と歩く距離さえ問題にしなければ、可能な限り車道や普通の歩道を避けながら、ある地点から別の地点へ行くことができた。

沙紅螺が葉桜コーポに決めたのも、緑道だけを利用した通勤ができると、事前に下見をしていたからである。彼女と同じ考えを持つ人が、学園都市には少なからずいるようで、葉桜コーポを出てしばらくは、同行の通勤者が目につく。だが、それも街中の緑道くらいで、そのうち彼女だけになる。学園都市の外周に当たる緑道を、物好きにも通勤に使う者など、まずいなかったからだ。この人気のなさは、研究所へ近づくにつれ顕著になっていく。

今は逆に研究所からの帰りだが、やっぱり彼女の他は誰も歩いていない。赤茶けたような強い西日に照らされて、どことなく薄気味悪く映る石畳の緑道が、ただ前後に延びているだけで……。

いつもと同じ道よ。

そう思おうとするのだが、どうしてなのか今日は、この道が妙に空恐ろしく感じられてならない。

……虫の知らせ。

これまで自分に関わる出来事で、満足に予知できた例《ためし》はない。それでも漠然とした不安を覚えたあと、何らかの災禍に遭ったことは何度かある。しかし、その程度なら一般の人でも普通に体験しているのではないか。

ただし主任の海浮《かいふ》の見解は、ちょっと違った。

「研究所で訓練を重ねるうちに、自分に関する予知も少しはできるように、おそらくなって来ているのよ。ただし、第三者に覚えるような具体性は、まだないみたいね。他人に対してなら鍵《かぎ》となるべき言葉が浮かぶのに、あなた自身の場合は、曖昧《あいまい》な感情の揺らぎを覚えるだけで、それ以外の現象は起きない。けど、このまま訓練と研究を続けていけば、今に自分自身に関することでも、そういう単語が閃《ひらめ》くようになる可能性が、かなりあると私は見てるの」

興奮気味に喋《しゃべ》っていた海浮の顔が、ふっと沙紅螺の脳裏に蘇《よみがえ》り、妙に彼女を落ち着かなくさせた。

緑道は真っ直ぐに延びている場所と、わざと蛇行させている箇所とが、ほぼ交互に現れる。ただの歩道ではなく遊歩道として整備されているためだが、もしかすると自転車の暴走を阻止する役目もあるのかもしれない。緑道では基本的に、自転車の走行は禁じられている。それでも走る者がいると想定されて、こういう作りになっているとも考えられた。

この直線と曲線の組み合わせの意図は不明だが、それが今、沙紅螺を不安にさせているのは間違いなかった。

緑道の両側の多くは、樹木や藪《やぶ》が自然のままに茂っている。それが都市部に入ると様々な種類の垣根になるのだが、彼女が通勤する道の両脇は、ほとんど雑木林のような雰囲気だった。

そのため学園都市内にいて、しかも人工的な石畳の道を歩いているにもかかわらず、あたかも深山に分け入っているような気分になれる。その非日常さが普段は心地好《よ》いのに、今は何だが少し怖い。

沙紅螺は急に立ち止まり、ゆっくりとふり返った。

真っ直ぐに延びた緑道の果てに、おどろおどろした色合いの西日が、空いっぱいに広がっている。血のような……とまでは感じないが、あそこが地獄の入口だと誰かに耳打ちされれば、うっかり信じてしまいそうである。

陽射しの強さはかなり弱まったはずなのに、ぎらぎらと今からさらに燃え上がるような、それほど濃厚な色彩が目に入る。じっと眺めているだけで、寒気と熱気を同時に覚えて、ぞくっと背筋をふるわせながらも、じっとりと額に厭《いや》な汗をかく。そんな気持ち悪さが伝わってくる。

……疲れてるのかな。

彼女は前を向いて歩き出しながら、そう自問した。

看優ほどではないが、もし自分がリストラの対象になったら——と考えると、どうしても心が騒ぐ。父親の居場所は知っているが、今さら同居はできない。それは向こうも同じだろう。かといって学園都市を出て、どこかで独り暮らしをするにしても、仕事を見つける必要がある。だが、彼女のように極めて特殊な「経歴」を持つ人物を、おいそれと雇う会社があるだろうか。

ちょっと考えただけでも、次から次へと問題が頭に浮かぶ。だからこそ何とも奇妙な、こんな精神状態になっているのかもしれない。

後ろが気になる……。

いつしか沙紅螺は、自分の背後に変な畏《おそ》れを覚えはじめていた。こうして歩いていても立ち止まって、なぜか後ろをふり向きたくなる。

けど、何も見えない。

疲れてるんだ……と自分に言い聞かせつつ、再び前を向いて歩き出す。でも、そのうち背中がすうすうしてくる。西日に炙《あぶ》られているのに、まるで寒気に曝《さら》されているかのように。

やがて耐え切れなくなり、ふり返る。その瞬間が、とてつもなく怖い。別に変化などないと分かっていても、真後ろに延びる道が目に入って、やっぱり何もないじゃない…

…と安心できるまで、どきどきと煩《うるさ》いほど心臓が鳴ってしまう。

そういう繰り返しを何度かして、もう切りがないので、これで最後にしようと思って、背後に目をやったときである。

ぼうっと霞《かす》むように広がる夕間暮れの、錆色《さびいろ》のように赤茶けた風景の中に、ぽつんと黒い棒のようなものが、ふいに浮かんで見えた。

……あれは、何？

沙紅螺が目を凝らすと、ゆらゆらっと黒い棒が蠢《うごめ》き出した。しかも、こちらへ向かってくるように思える。いや、実際にそうだった。それは明らかに彼女のほうへと、緑道を進みはじめていた。

あれって……。

黒い棒のような何かは、ぼうっと全体が曖昧ながらも、人の形のように映った。なおも見つめていると、次第に人影らしきものへと変化し出した。

こっちへ、誰かが来る。

いかにこの緑道に人通りがないとはいえ、まったくの無人というわけではない。これまでにも時間帯によっては、犬を散歩させている老人やジョギングをしている中年男性などと、すれ違ったり追い越されたりしたことは何度もある。

けど……。

こちらへ近づいてくる人影は、なぜか悍《おぞ》ましく感じられた。

なぜなら……。

あれは人間のように見えて、実はそうではないからではないか。あの黒いものは人間擬《もど》きではなかろうか。

そう言えば……。

昨日のことである。一日のうち何度か脳裏に、黒っぽい人のようなイメージが、ぱっと浮かぶ現象が続いた。予知かと思ったが、誰に対するものなのか一向に分からない。かといって自分に関わる人物とも感じられない。

あれって、このことだったの……。

ぞくっと背筋に悪寒が走ると共に、たらたらと脂汗が蟀谷《こめかみ》を伝う。ふるえながらも熱がある、あたかも風邪をひいたかのように。

今や人影は、かなり迫ってきていた。はっきりと人間の形が、もう分かるほどである。にもかかわらず全体は、相変わらず黒ずんでいた。男なのか女なのか、若いのか年寄りなのか、まったく見当もつかない。

黒い人影……。

沙紅螺の目に映るのは、それだけだった。

くるっと回れ右をすると、急いで歩き出す。あれが何であろうと、追いつかれる前に逃げるべきだろう。

いつもより足早に進んでいると、やがて緑道が曲線に変わりはじめた。そこで直線が終わる寸前、ちらっと彼女は後ろに目をやって、ぎょっとした。

思っていたよりも近くに、人影が迫っている。

慌てて緑道の曲線に入って、あれから身を隠す。この曲線箇所が連続しているうちは、向こうから彼女の姿は見えないはずである。その隙に小走りして、一気に引き離そうと思った。

沙紅螺は足を速めた。この調子で曲線区間を抜けて、再び直線になったとき、あれとの間には充分な距離が開いている。そういう算段だった。

そのため、もう後ろはふり返らないと決めた。それなのに、どうしても背後が気になる。確かめたくてたまらない。

ちらっとふり向くと、最初に通り過ぎた曲線の陰から、ぬっと真っ黒な顔が覗《のぞ》いた。

そこに茂っている藪の中から、こちらを窺《うかが》うように、それが顔を出している。

……えっ、いつの間に、そんなに近づいたの。

直線から曲線に入る間際、かなり人影が迫っていたとはいえ、まだまだ距離はあったはずだ。それなのに彼女が小走りになったとたん、あれが一気にその差を詰めたとしか思えないほど、すぐ後ろにいるではないか。

沙紅螺は小走りを止めて、慌てて本気で走り出した。でも、やっぱり背後が気になる。そのため新たな曲線を過ぎるたびに、ふり返った。そんな暇があったら、全速力で逃げるべきだと思いながらも、どうしても止めることができない。

すると黒々とした人影も、そのたびに樹木や藪の陰から、ぬっと顔を出して彼女を見やった。少しも遅れることなく、まったくタイミングを外さずに、ずっと彼女を覗き続けた。

このままでは追いつかれる。

それが分かっていながら、沙紅螺がふり向くことを止めなかったのは、ただの黒い顔にしか見えなかったものが、仮面かマスクのように思え出したからである。そうなると、はっきりと確かめたい。だから彼女のふり返っている時間が、本人が意識するよりも次第に長くなっていったのだが……。

何度目だったか、ふり向いたときである。ぬっと木陰から覗いた黒い顔に、真っ赤な目が見えた。

……えっ？

それは右目だけで、左目はなかった。赤い一つ目の他は、相変わらず黒々としている。その赤目が突然、ぶわっと大きくなった。顔からはみ出すほど巨大になり、彼女を睨《ね》めつけてくる。

あまりの出来事に、沙紅螺の足が止まりかけた。すると人影が、ばっと木陰から飛び出してきた。そして彼女を目がけて、真っ直ぐ走り寄ってきた。

たちまち全身に、ぞわっと鳥肌が立った。

それが彼女を目がけて迫ってきたせいだけでなく、この距離になっても片目の赤色以外は、真っ黒けの人影にしか映らなかったからだ。

人間じゃない。

だったら何？

混乱と恐怖で立ちすくみそうになる両足を、沙紅螺は必死で動かした。とにかく踵《きびす》を返して、急いで駆け出した。

こいつから逃げる。今はそれだけしか考えられない。

こんな得体の知れぬものに捕まったら、きっと命はない。

彼女は無我夢中で走った。だが、背後から同じように駆ける足音が、すぐに大きく響いてきた。

たっ、たっ、たっ。

あの黒い顔が追いかけてくる。そう考えただけで泣きそうになった。あれの正体は何で、どこから現れて、目的は何なのか。という疑問など軽く吹き飛んでしまうほどの圧倒的な恐怖が、このとき彼女を包んでいた。

たっ、たっ、たっ、たっ。

石畳を打つ足音が、次第に迫ってくる。ぐいっと肩を今にもつかまれそうで、まったく生きた心地がしない。

もっと速く走って逃げないと――。

全速力を出すものの、長くは続かない。がくっと速力が落ちる。すると背後の気配が、一気に近づく。

はっ、はっ、はっ。

それの息遣いが聞こえ出した。吐く息が首筋に届きそうで、ざわっと項《うなじ》が粟立《あわだ》つ。

「うわぁぁっ」

反射的に声が出て、沙紅螺は脱兎《だっと》のごとく駆けていた。あまりの恐ろしさに、底力が出たらしい。

たっ、たっ、たっ、はっ、はっ、たっ、たっ、たっ。

すると後ろの足音と息遣いも、一気に追い上げてきた。しかも彼女の背後まで迫ったところで、
あはっはっはっはっ。

それが突然、嗤《わら》った。死に物狂いで逃げる沙紅螺の様子を見て、さも楽しそうに嘲笑《あざわら》っている。

その嗤い声が耳に届くや否や、ぞおっとする寒気に襲われ、彼女は一瞬「もう駄目かも」と諦《あきら》めかけた。が、その反応の直後、こんな風に理不尽な状況で莫迦《ばか》にされたことに対して、かっとした怒りに見舞われた。

冗談じゃない。

そう思ったとたん、冷静な判断ができるようになった。

沙紅螺は逃げ続けながらも力を溜《た》めた。追いつかれないように注意しながら、できる

だけ走りを抑えた。そうして街中へ通じる枝道に差しかかったところで、いきなり方向転換した。

いつもと同じように緑道を辿《たど》っていては、いずれ追いつかれてしまう。だったら街中に逃げ込んで、その場にいる通行人に助けを求めれば良い。

この単純な考えに、ようやく頭が回ったのである。

しばらく誰も通らずに焦ったが、そのうち背広姿の男性や学生らしき数人が目につきはじめ、何とか声をかけようとしたところで、沙紅螺は気づいた。

背後の気配が、ない。

とっさにふり返ると、そこには誰もいなかった。彼女が街中に向かっていると気づいた時点で、どうやら黒い顔は逃げたらしい。

……助かった。

沙紅螺は安堵《あんど》のあまり、その場にしゃがみそうになった。だが、それも刹那《せつな》のことで、すぐに彼女は考えはじめた。

あの赤い片目の邪悪な人影は、いったい何だったのか……。

五　容疑者たち

沙紅螺《さくら》が話し終わってからも、俊一郎が少しだけ見つめていたせいか、

「……何よ」

彼女が不審げな顔をした。

「いや、しっかりして強く見えるのに……って、ちょっと思っただけだ」

「どういうこと？」

とたんに沙紅螺の表情が険しくなる。

「あの気味の悪い黒々とした顔に追いかけられて、私が怖がったことが、そんなに意外だったわけ？」

「うん、まぁ」

その剣幕に押されて、彼がたじたじになっていると、

「当たり前でしょ。あんな目にいきなり遭ったら、誰だって恐ろしいわよ」

「けど、その割には――」

俊一郎は反論を試みようとしたが、

「探偵というのは、依頼人の心配をするものでしょ。それなのに――」

と彼女の怒りが治まらず、まったく口をはさめない。それどころか探偵の心得を、畏《かしこ》まって聞く羽目になってしまった。

やれやれ、もう少し彼女が落ち着いてから尋ねるか。

そう彼が思っていると、とことこっとソファの陰から僕が現れた。沙紅螺の話が一段落つくまで、どうやら待っていたらしい。

にゃー。

「あら、猫」

彼女の表情が、やや緩んだ。だからといって猫なで声で、僕を呼ぶような真似はしない。あくまでも見ているだけである。

いったん僕は沙紅螺のほうへ行きかけて、ふと扉に顔を向けた。その仕草を目にした俊一郎は、すぐさま嫌な予感を覚えた。

よおっ――と横柄な挨拶《あいさつ》と共に、刑事の曲矢が入ってくるのではないか、という気がしたからである。それを僕が察したとしても、別に不思議ではない。

しかしながら僕が、そうやって立ち止まっていたのも、わずかな間だった。とことこっと再び歩き出すと、ぴょんっとソファに跳び上がって、しばらく彼女を見つめたあと、その頭を相手の膝《ひざ》の上に、ぴとっと乗せた。

「やだ、可愛い」

一瞬で沙紅螺は笑顔になると、機嫌好《よ》く訊《き》いてきた。

「名前は、何ていうの？」

「……僕だけど」

ぼそっと俊一郎が答えると、

「ぼくなの。へぇ、僕にゃんなんだ」

なんと一回で、僕自身が本当の名前だと主張する呼び名を、彼女は口にした。

にゃ、にゃ、にゃぁっ。

僕が喜んだのは言うまでもない。ぴんっと尻尾《しっぽ》を立てて、歓喜の声をあげている。ちらっと彼のほうを見た顔は、「ほら僕は、やっぱり僕にゃんなんだ」と、あたかも得意がっているかのようである。

「それで問題の人影だけど――」

俊一郎が話を戻すと、沙紅螺は表情を少し翳《かげ》らしながらも、

「冷静になって考えたら、翔太朗《しょうたろう》しかいないって、そう確信した」

怒りをにじませながら応《こた》えた。ただし膝の上でぐるぐるっと喉《のど》が鳴るのを耳にしたとたん、再び笑みが戻ったのだから、僕は立派に彼女の精神安定剤代わりを務めていたことになる。

「理由は？」

「この件はタイミングから見ても、研究所のリストラに関係あると思う。となると最も

焦ってるのは、間違いなくあの男よ。例のレポートが何の効果も発揮しなかったので、ついに実力行使に出たわけ」

「つまり沙紅螺さんを、彼は殺そうとした……」

「あのときは、そこまで考えなかった。単に私を脅して、追い出すつもりだったんじゃない？　そういう風に解釈したわ。ただ……」

彼女が言い淀《よど》んだので、眼差《まなざ》しで先を促すと、

「仮にそうだとしても、あの黒い顔と――あれは仮面かマスクだったかもしれないけど――近くで目にしてるのに人影にしか見えないのは、あまりにも変でしょ」

「彼が犯人とした場合、そこの説明がつかない」

「そうなの」

「だったら別に、犯人がいたのでは？」

「えっ……そんなの考えられない」

「でも、それで黒い顔と人影の謎が、あっさり解決できるとすれば、どうだろう」

「いったい誰が犯人なら、その説明ができるの」

「看優《みゆう》だよ」

「…………」

「彼女の幻視の力を使えば、そういう真っ黒けの犯人像を、あなたに視《み》せることは、充分に可能だったんじゃないか」

沙紅蝶は絶句したようで、何も言い返せないでいる。

「リストラの対象者が怪しいのなら、看優も当てはまる。本人がそう言っているんだから、これほど確かなことはない」

微《かす》かに彼女が首をふった。

「もちろん容疑者は、他にも考えられる。火印《かいん》と阿倍留《あべる》の双子も、実戦では役に立たないと言われていた。つまり翔太朗と看優と同様、彼らにも動機があるわけだ」

なおも彼女は首をふっている。

「もっとも容疑者は、年長組だけに留《とど》まるとは限らない」

「えっ？」

「主任の海浮《かいふ》は、阿倍留を贔屓《ひいき》にしているという。所長の海松谷《みるや》はかつての情熱を失って、今では何を考えているのか分からないらしい。予算削減とリストラという研究所の危機を迎えて、この二人が何らかの画策をするつもりだとしたら……」

「私の話を聞いただけで、そんな推理がよくできるわね」

沙紅蝶は感心しているのではなく、どうも呆《あき》れているようである。

「探偵だからな」

しかし俊一郎は一向に動じることなく、

「とはいえ今、ずらずらと名前を挙げた容疑者たちでは、真っ黒けの人影の説明ができない。それが可能なのは、ただ一人だけだ」

「看優しか、確かにいないわね」

沙紅螺はようやく認めたあとで、

「でも、他の人たちにも可能になる場合が、実はあるんじゃないの」

「例えば？」

そこで彼女は少し間をおいてから、

「黒術師が絡んでる場合とか」

「…………」

今度は俊一郎が絶句して、何も言えなくなった。

「ごめん。最初に断るべきだった」

そんな彼の反応を目にして、沙紅螺が申し訳なさそうに謝った。

「けど紹介者を見て、あなたがすぐに察するかと思ったのよ」

「そうか……。だから新恒警部の名前があったのか」

「黒術師を追う黒捜課という部署の、彼は責任者でしょ」

そこまで知っているのか、と俊一郎は驚いた。だが次に、どうして――という疑問を覚えた。それが顔に出たらしく、彼女が続けて説明した。

「新恒警部は何度か、研究所の見学に来たことがあって、そのとき私や紗椰《さや》は彼と話していて、名前を教えてもらってたの。看優と雛狐《ひなこ》も本人がいないとこで、きゃっきゃっ言ってたな」

「警部、もてたんだ」

今度からかってやろうと思いながらも、彼は肝心なことを訊いた。

「そのときの話題に、黒術師が出たのか」

「まさか。あの警部さんが、そんな重大なことを、べらべら喋《しゃべ》るわけないでしょ」

曲矢刑事じゃあるまいしな――と、俊一郎は反省した。

「ただ、今になって考えると、研究所を何回も見学したのは、黒術師の件があったからじゃないかな」

「というと？」

「私たちの能力を、黒術師対策に活《い》かせないか――って、新恒警部は考えたのかもしれない」

「なるほど。それは有り得るな」

俊一郎は強く興味を示したが、沙紅螺は本来の件に話を戻した。

「黒い人影に追いかけられた翌日、翔太朗を問いつめてやろうとしたんだけど、あいつだっていう証拠が何もない。しかも普段の彼と違って、私を見る目に、妙に余裕が感じられるのよ」

「そうなると、むしろ怪しいか」

「うん。親の寄付金のお陰で、あいつは研究所でも大きな顔ができた。でも、最近は違った。だからリストラの話を聞いて、彼は焦った。そこで自分より優秀な――ってことは、彼を除く全員なんだけど、誰かを追い出そうとした。でも紗椰には気があるので、まずは私を狙うことにした」

「かつて手酷《てひど》くふられた、という別の動機もあるからな」

これには彼女も素っ気なく頷《うなず》いただけで、

「変に自信を持ったあいつの様子が、親の後ろ盾があったときの彼と、本当にそっくりだった」

「両親の寄付金が、黒術師の呪力《じゅりょく》に代わったわけか」

「もちろん、そのときの私には、そんな理由なんか分からない。ただ、何かあるなって感じた。看優と雛狐には相談したけど、二人とも怯《おび》えてしまって、逆に私がなだめる始末だった。火印と阿倍留に話しても、どうにもならないと思ったし、紗椰に助けを求めるなんて嫌だし、翔太朗は容疑者ナンバーワンなんだから論外でしょ。本来なら所長か主任に、ちゃんと報告すべきなんだけど、なんせリストラをする側の人たちだからね」

「そこで新恒警部を、ふと思い出したわけだ」

「頼りになるお父さんとお兄さんの間——って感じでしょ、あの背広がとっても似合う警部さんは」

「よく連絡がついたな」

俊一郎はにやつきながらも、純粋に好奇心から尋ねると、

「警視庁に電話したら、不在なので用件を伝えておくと言われた。それで私の名前だけ

教えたら、すぐに連絡がきた。事情を話したところ、黒術師の関与を警部さんは大いに疑ったみたいで、わざわざ会いにきてくれた。そのとき私も、黒術師のことを聞いて知ったの」

「どう思った？」

沙紅螺は怖いくらい真剣な顔になると、

「私たちが持つ特殊な能力とやらの中には、きっと呪術も含まれる。ただしこっちには、対象者に災いをもたらす、不幸にする、時には命を奪う――なんて力はないけどね。でも、やり様によっては可能かもしれない」

確かに看優の幻視は、使い方次第で相手を死に追いやることができるだろう。また沙紅螺の予知も、その内容を意図的に変えて伝えることで、相手を危険にさらせそうである。雛狐の読心術や紗椰の透視、火印と阿倍留の精神感応にも同じことが言えるのではないか。

「その証拠に実戦でも、あとから考えると……」

と言いかけて、彼女は口籠《ごも》った。

のちのち冷静にふり返ってみたところ、自分が誰かの生き死にに関わってしまったのかもしれない……といった事例が、きっと何件かあったのだろう。そう俊一郎にも察しがついたので、彼は何も言わなかった。

しばらく二人の間に、沈黙が降りた。それが破られたのは、にゃ？　と首を傾げながら僕が、まず沙紅螺を見上げ、ついで俊一郎のほうを向いたからである。

「僕にゃんが、さっさと続きを話せってさ」

そう言って彼女は笑ったあと、再び真剣な顔に戻って、

「私たちの能力も、誰かの生死に関わったことがあった、これからも有り得る——のは、まず間違いないと思う」

「俺なんか、しょっちゅうだ」

沙紅螺はじっと彼を見つめてから、

「そうね。あなたは、死相学探偵なんだものね」

「けど、そのお陰で救えた命もある」

「私たちの場合は、どうかな」

またしても沈黙が落ちそうになったが、彼女は気を取り直したように、

「いいえ、誰がどうだという以前に、そんなことに関係なく、とにかく黒術師にはぞっとした。人間の心に必ずある闇の部分に焦点を当て、それを増幅させることで、その人物の周囲に死をふりまく。黒術師に何か動機があるわけじゃない。自分が誰かの背中を押すことで、人死にが続出することを、やつは純粋に喜ぶ。そういう悪魔のような存在だって教えられて、本当に慄《おのの》いた」

「そういう意味では、翔太朗は格好のターゲットかもしれない」

「あいつほど、黒術師を受け入れそうなやつもいないよ。だって彼の力は、インチキだ

からね。それを本人も、さすがに気にしてる。でも黒術師の協力を得られれば、あいつが呪術を使えるようになる。本人にとって、これほど嬉《うれ》しいことはないんじゃないかな」

「その前段階として、黒衣の女が翔太朗に近づいた——あっ、黒衣の女というのは、黒術師の右腕らしい存在なんだ」

「うん、新恒警部から聞いてる」

ここで沙紅螺は無意識にだろうか、まるで二の腕に立った鳥肌をこするような仕草をしながら、

「……実は、リストラの話を雛狐に聞いた翌々日、つまり私が黒い人影に追われた前の日になるんだけど、私と雛狐と紗椰の三人が、似たような感覚に襲われていたと、あとから分かったの」

「どんな？」

「さっきの話でも少し触れたけど、私の場合は、黒っぽい人のイメージが、ぱっと頭に浮かんだ。それが一日に、何回もあった」

「黒衣の女か」

「雛狐は突然、邪悪な心にふれた気がしたらしい。紗椰も悪意の塊のようなものが、いきなり視《み》えた気がしたって。二人とも特定の誰かに向けて、それぞれの能力を発揮したわけじゃなくて、勝手に感じた、反応してしまった、そんな感覚だったみたい。そのう

え二人に共通したのは、私と同じように、それに対するイメージが真っ黒だったこと」

「新恒警部は、どう判断した？」

「黒術師が早速、研究所の騒動を嗅《か》ぎつけたため、例の黒衣の女が犯人候補に会いにきた。二人がどこで密会したのかは不明だけど、研究所の近くだった。それで私たち三人は、彼女の存在を感じてしまった。逆に言うと、黒衣の女のまとう気配が、それほど異様だったからではないか。そして彼女は何らかの呪術を、犯人に授けた。そこには犯人自身を隠す術も含まれており、だから私には黒い人影にしか見えなかった。という推理だった」

「俺も今、同じように考えた」

僕もだよ、というように僕が、にゃーと元気に鳴いたので、沙紅螺は頭から背中までなでながら、

「それで死相学探偵さんは、私の依頼を受けてくれるの？」

「お受けします」

俊一郎は力強く頷いてから、

「ところで、この件は所長をはじめ、研究所の人たちは知ってるのか」

「それは新恒警部が、ちゃんと話すって言ってた」

「その研究所なら、黒術師の存在を頭から否定することも、まずないか」

「ええ。絶対に協力もするはず」

彼は肝心な問題を確認してから、どう事件に取り組むかを彼女と話し合った。

まず俊一郎が提案したのは、雛狐の読心術と紗椰の透視を使って、犯人を特定するやり方である。この二人の力があれば、誰が犯人なのか、極めて簡単に見抜けるのではないかと思ったからだ。

「それは、もう試したんだ」

だが、沙紅螺の素っ気ない物言いに、

「でも、まったく分からなかった？」

彼が予想した結果を口にすると、力なく彼女が頷いた。しかも、その理由が完全に不明だという。

「黒術師のせいか……」

今回の関係者は、ほぼ全員が何らかの特殊能力を持っている。下手をすれば、すぐに犯人の正体がばれてしまう。それに対抗するために黒術師が、あらかじめ犯人に特別な防御力を与えたと考えれば、別に不思議ではない。

なおも二人は話し合った結果、このまま沙紅螺と研究所へ乗り込むのではなく、まず彼が祖母と新恒警部に相談をして、どんな風に動くべきかを決めることにした。場合によっては彼女個人から、研究所の依頼に変えるのもありかもしれない。

ちなみに祖母のことは、新恒が教えるよりも前に、所長の海松谷から聞いていたらしい。特殊な能力を持つ者といえば、確かに弦矢愛ほど凄《すご》い人もいないだろう。

「あの愛染様と、ごいっしょできるなんて」

沙紅螺の両目がキラキラしているので、

「依頼を受けるのは俺だし、祖母《ばあ》ちゃんは電話で相談に乗るだけだ」

すかさず俊一郎は釘《くぎ》を刺したが、この段階で祖母と新恒の意見を訊《き》いておくことは、実際かなり重要であると改めて思った。

なぜなら――。

と彼は口には出さずに、心の中で考えた。

沙紅螺は犯人を翔太朗だと決めつけているが、正直まだ分からない。今の時点で断定するのは、かなり危険だろう。研究所の経費削減とリストラが動機なのは、ほぼ間違いなさそうだが、怪しい者は他にもいる。

よって彼女と行動を共にするよりも、離れて独りで取り組むべきである。

ただ、そうなると俊一郎は、沙紅螺を護《まも》ることができなくなってしまう。その心配が大いにあったので、充分に注意するようにと警告したのだが、本人には明るく「大丈夫よ」とあっさり返された。

「新恒警部の見立てでは、ある程度の距離まで、あいつは私に近づかなければならないっていうの」

「呪術を使うためにか」

「いったん呪いをかけたら、あとは自動的に――ってわけじゃないのね」

「それは呪術《じゅじゅつ》の種類にもよるらしいけど、黒術師の場合、犯人に対する妙な縛りめいた条件が、なぜか往々にしてある。確かに犯人自身は少しも手を汚さずに、被害者を始末できる。でも、犯人は現場にいないといけない。犯行の前に被害者を目にする、または声をかける、あるいは出ていって手で触れる、といった行為が必要になってくるわけだ」

「それが引金になるのね」

「祖母の説明を聞く限り、そうなんだけど……」

「何か気になることでも？」

沙紅螺に訊かれて、俊一郎は戸惑った口調で、

「そういう風に犯人が関わらなければならない呪術を、わざわざ黒術師が選んでるんじゃないかって、そのうち思うようになって」

「何それ？　嫌がらせ」

「誤解してるかもしれないけど、黒術師は決して犯人の味方じゃない」

「えっ……」

「ある事件が起きて、Aという人物が犯人だったとしよう。黒術師の指示により、事前に黒衣の女がAに声をかけたのは、そいつの心の中の黒い部分が、他の関係者よりも濃かったからに過ぎない。または心が弱そうだから、簡単に洗脳できると見込まれたか。いずれにしろ最初に目をつけたAよりも、よりBが適当だと判断したら、平気で乗り換えるだろう」

「だから犯人が呪術を行なううえで、何らかの不自由さを覚えたとしても、黒術師は気にしない――ってこと？」

「むしろ楽しむんじゃないか。仮に犯人が失敗して自滅しても、それを余興と見なすに違いない」

「……酷《ひど》い」

「そういう化物を、俺たちは相手にするわけだ」

だから決して油断しないように、と俊一郎は念を押して、沙紅螺を探偵事務所から送り出した。

六　九孔の穴

奈良の杏羅町の祖父母の家に電話をかけると、珍しく祖父が出た。

祖母を慕って家に出入りしている信者の誰かが、たいていは勝手に電話番をしている。そのため応対するのは、年配の女性が多い。しかも、こちらが誰か分かったとたん、ほとんどの者が長話をはじめる。まるで自分の実の息子か、孫が電話をかけてきたかのように。

「はい」

しかし今、味も素っ気もない声で電話に出たのは、明らかに祖父だった。そもそも受話器を取って「はい」としか言わないのは、祖父しかいない。

「祖父《じい》ちゃん、元気か」

「うむ。東北を舞台にした怪奇短篇『白もんこ』を書いたんやが、校正ゲラで読み返したら、あんまり怖うのうてな」

「いやいや、祖父ちゃん自身が怖がる作品なんて、かなりヤバいと思うから、それくらいでいいんじゃないか」

「ふむ、そうか」

いったん祖父は納得しかけたようだが、

「しかしな、作者が怖がれんような代物で、読者を恐怖のどん底にまで、果たして突き落とせるもんかどうか」

「えーっと、祖父ちゃんの小説に限って、その心配はいらないと思う。むしろ恐ろし過ぎないようにするとか……」

「何を言うとる。怪奇小説が怖うのうて、この世の他に何を恐ろしゅうする必要があるいうんや」

「いやぁ……」

俊一郎は返答に困りながらも、普段の祖父らしくない饒舌《じょうぜつ》ぶりに、ひょっとしてスランプなのではないか、と急に気になり出した。

だが今は、そんな祖父の相手をしている余裕がない。しかも彼の意見が、とても作家である弦矢駿作の役に立つとも思えない。祖父ならば大丈夫だろう。きっと読者が泣きながら「もう止めてくれ」と言い出すくらいの怖い話を、そのうち書き上げるに違いない。いや、すでに「白もんこ」という短篇が、そうなのかもしれない。

そこで俊一郎は心の中で祖父に謝りながら、祖母に替わって欲しいと言おうとしたのだが、

「ほれ」

という祖父の呼びかけのあとに、いきなり聞こえてきたのは祖母の声だった。

「で、死相は視《み》えたんか」

しかも単刀直入である。

「新恒警部から、もう連絡がいってるみたいだな」

「何やて？　もっとはっきり喋《しゃべ》りなさい」

「歳のせいで、耳が遠くなったのか」

「誰が歳やねん」

聞こえてんじゃないか――と彼は笑いかけたが、確かに少し声が遠かったので、もう一度はっきりとした声音で繰り返した。

「あのお人は、そら優秀やで。沙紅螺《さくら》さんの話から、すぐに黒術師の関与を疑うたんや

からなぁ」

　祖母はひとしきり新恒をほめたあと、

「お前も見習わんとあかん」

「ダークマター研究所のことは、知ってた？」

「もちろんや。やらしい名前やったから、よう覚えとる」

「何が嫌らしいんだ？」

「そら、股《また》を抱くやなんて、やらしいに決まっとる」

「股じゃなくてマターだし、抱くでもなくてダークだし、そもそも逆にしてどうすんだよ」

　いつもながらのボケに、俊一郎は思わず突っ込んだが、祖母から返ってきた言葉を耳にしたとたん、危うく咽《むせ》そうになった。

「所長の海松谷《みるや》さんが、お前を研究所に迎え入れたいって、うちにも見えたからな」

「……なっ、何ぃぃ」

「お前の死視の力は当時、あの研究所にも伝わっとった」

「いつごろの話？」

「十歳くらいやったか」

　そこで研究所へ行っていたら、沙紅螺の先輩になっていたかもしれないわけだ。

「けど祖母ちゃんたちは、俺を手放さなかったんだろ」

「当たり前や。いったい誰が、可愛い孫を――」

「向こうの提示した金額が、少なかったとか」

「そうなんやねん。もう一声って言うたんやけど、海松谷さんが渋ってなぁ」

「冗談に聞こえんから、怖い……」

「わたしゃもな、そんなにガメツイこと、要求せんかったんやで」

「俺じゃなくって、祖母《ばあ》ちゃんは誘われなかったのか」

「何を当たり前なことを、この子は訊《き》いてますんや。美貌《びぼう》は言うまでものぅ能力的に見ても、この祖母ちゃんが誘われんはずがないやろ」

異能力の評価よりも先に容姿を口にするところが、やっぱり祖母である。

「せやけどなぁ、わたしゃが研究所みたいなとこに、ずっと籠《こも》ってもうたら、そりゃ世の男性がどれほど嘆くことか」

「あっ、年齢で引っかかったんだ」

「あんたはな、祖母ちゃんの話を、ちゃんと聞いてますのか。わたしゃ当時、そらもうピチピチの――」

「後期高齢者予備軍だった」

「そうやねん。肩はこるわ、腰は痛いわ――って、ちゃうわ」

今でも祖母はピンピンしているため、当時も元気だったに違いない。

「わたしゃが思うに、海松谷さんのバックにおったある人物が、あまりにも偉大な祖母ちゃんの入所に、逆に難色を示したんやないか……と、あんときは睨《にら》んだんやけどな」

「所長よりも、上の人ってこと？」

「綾津瑠依《あやつるい》いう会長がおってな。まだ現役のはずや。これがまぁ女傑でなぁ」

「祖母ちゃんより？」

てっきり否定すると思っていたのに、珍しく祖母は少し沈黙してから、

「……互角かもしれん」

信じられない言葉を口にした。

「その会長が、この件にも――」

「普段は研究所に、ほとんど顔を出さんらしい。けど今回は、きっとからんでくるやろうから、あんたも油断せんように」

「わ、分かった」

不安材料が増えたような気もしたが、研究所の会長という立場なら、少なくとも敵ではないだろう。そう俊一郎は考えたのだが、相手は祖母と互角らしいと想像したとたん、かなり重い気分になった。

……嫌な予感しかしない。

それでも気を取り直すように、話を進めようとした。

「沙紅螺の件に戻そう」

「これ、依頼人さんを呼び捨てにしたらあかんて、いつも注意しとるやろ」

ところが、逆に小言を食らってしまった。

「はーい」

「それで彼女に視えた死相は、どんな塩梅《あんばい》やった？」

俊一郎が詳細を話すと、

「何ともまぁ、それは酷《ひど》過ぎやな」

祖母が始末に負えないと言わんばかりの反応を見せたので、彼はどきっとした。だが、それが実は逆に良かったことに、ようやく気づけた。

「けど、あの死相は俺にとって、ショック療法になったんじゃないかって、今ふっと思ったよ」

「例のバスツアー事件以来、お前は依頼人さんの死相に、真摯《しんし》に向き合えんようになってたからなぁ」

「えっ……知ってたのか」

「このわたしゃを、誰や思うてんねん」

「いつまでも自分が二十代の女性だと思い込んでる誇大妄想狂の、相手にボケをかまさずにはいられない、困った老婦人だろ」

「冗談はさておき――」

こちらの突っ込みに対して、祖母がボケで返さなかったことに、俊一郎は軽いショックを受けた。つまり、それほど彼の「容体」が悪かったというのか。

「どんな依頼人さんも断らずに、ちゃんと解決してたんは偉いけど、これまでのように、何が何でも死相の意味を解いてやる──いう気力が、あの事件のあと、あんたからは抜け落ちてましたからな」

「そっちにいるのに、よく分かったな」

「当たり前や。可愛い孫のことやったら、何でもお見通しなんや」

という台詞《せりふ》で止めておけば、彼も「やっぱり祖母ちゃんは凄《すご》いな」と感動していたのだが、

「お前は忘れとるようやけど、そないな愚痴を電話で話しとったからな」

あっさり種明かしをするのが、いかにも祖母らしい。一種の照れ隠しだろうか。

「この死相は、いったい何なんだ？」

いつまでも肝心な話ができないので、俊一郎は焦《じ》れて訊いた。

「そりゃ間違いのう、『九孔の穴』いう呪術《じゅじゅつ》やな」

祖母は漢字の説明をしてから、

「九孔いうんは、人間に開いとる九つの穴のことや。目、耳、鼻、口、尿道、肛門《こうもん》と、人には九つの穴がある」

「毛穴は？」

「アホ、そんなもん数えられるか」

ばっさり祖母は切り捨てると、

「九孔と同じ意味に、九竅《きゅうきょう》いう言葉もあってな」

再び漢字の説明をしつつ、

「要は『孔』も『竅』も、どっちも『穴』を指しとるわけや」

「だったら『九孔の穴』って、『九つの穴の穴』って意味になるよな。それって言葉として、可怪《おか》しくないか」

「さすが、わたしゃの孫や。よう気づいた」

「いや、誰でも疑問に思うだろ」

はしゃぐ祖母と冷めた俊一郎のやり取りをよそに、僕がソファの上で寝ている。いつもなら電話に出せとせっついて、祖母との「会話」を楽しむのだが、今回は珍しく大人しい。もっとも両耳をぴんっと立てているので、まったく興味がないわけではなさそうである。

「呪術の内容は？」

何とも厭《いや》な予感しか覚えなかったが、肝心の知識がなければ太刀打ちできないため、彼は覚悟を決めて尋ねた。

「この呪術には、九人の犠牲者が必要になる。それを一度に一人ずつ、一日に一人の割合で、九回に分けて始末していくわけや」

とっさに俊一郎は、研究所の年長組の面々を数えた。

沙紅螺、雛狐《ひなこ》、火印《かいん》と阿倍留《あべる》、看優《みゆう》、翔太朗《しょうたろう》、紗椰《さや》……で、七人しかいない。となると九孔の穴は、彼女たちに使えないのではないか。

この点を彼が指摘すると、

「術に必要な人数が集まらんかったら、呪いをかけられんいう不備も、確かにこの手の呪術にはある」

祖母もそれを認めたのだが、

「だったら沙紅螺たちも――」

「これ、呼び捨てにしとる」

「あっ、ごめん。だったら沙紅螺さんたちも、大丈夫じゃないか。七人しかいないんだから。しかも、そのうちに犯人がいるとしたら、被害者は六人になって、よけいに無理になる。それとも足らない分は、周囲から適当に選んで、とりあえず九人をそろえれば問題ないってことか」

「いいや、多くの呪術の場合、相手に対する恨みや辛《つら》みは、どんなもんでもええから必ずいる。そういう負の感情が、言わば呪術そのものに力を与えて、それを成就へと導くわけや」

「なら、年長組の七人も――」

「大丈夫やと言いたいところやが、残念ながら違う。犯人は誰か分からんけど、研究所の関係者なんは、まず間違いないやろ」

「うん、俺もそう睨んでる」

「動機は経費の削減にともなうリストラにしても、そないなことで他人を殺《あや》めようとする犯人やから、きっと普段から関係者らに、少のうない不満や不平を、あれやこれや持っとるに違いない」

「つまり周囲のほぼ全員に、負の感情を覚えてる可能性が……」

「あるやろな。となると九孔の穴は、簡単に使えてしまう」

年長組の七人に、所長の海松谷と主任の海浮《かいふ》を加えれば、ちょうど九人になる。しかし、それでは犯人自身も含まれてしまう。それに所長と主任まで亡き者にしたら、あと困ることにならないか。

この考えを俊一郎が伝えると、祖母が恐ろしい返答をした。

「政府の某機関と複数の企業が関わっとる研究所やから、それこそ所長や主任の代わりくらい、いくらでもいるんやないか」

「……そうか。でも、犯人自身を被害者に加える問題は、どうなる？」

「負の感情の発生元は、犯人にあるんやから、自分自身を人数に入れることは、容易にできる。そうやって人数合わせをする場合も、別に珍しゅうはない」

「けど、そんなことしたら――」

「犯人も死ぬわけや。けどな、九孔の穴いう呪術の最大の特徴は、本人が途中で止められる点にあるんや」

「……何だ、それ？」

彼は呆《あき》れたような声で、

「犯人にとって、ずいぶんと都合良くないか。とりあえず九人、嫌いなやつを選んで呪いをかけて、一番嫌な相手から順に殺していって、もういいやって満足したところで止める。こんな楽な呪術が――」

「あるわけないやろ」

すかさず祖母は突っ込むと、

「今のお前の理解は、別に間《ま》違《ちご》うてへん。ただし犯人は、被害者に恐怖を与える必要があるんや。相手が怖いと感じることで、はじめて九つの穴の一つが開くからや。この穴を開けられん限り、九孔の穴を使うことはできん」

だから沙紅螺は追いかけられたのか――と俊一郎は納得した。犯人が黒い人影にしか映らなかったのも、その正体を隠すためだけでなく、きっと彼女に恐怖を喚起させる目的もあったのだ。

自分の見立てを彼が話すと、祖母はその通りだと応《こた》えてから、

「そうやって開けた穴に、犯人は邪視を飛ばす。今回の犯人は、その邪視の力も黒術師から与えられとるはずや。すると穴から血が流れ出て、一人目が死ぬ」

「相手に恐怖を与えて穴を開けるとき、その穴を邪視して血を流させるとき、この二回、犯人は被害者に近づかないといけないのか」

「せやけど、邪視が可能な距離が分からん以上、警戒は難しなるで」

確かに厄介そうである。

「そうか。九孔の穴が、九つの穴の穴という意味になるのは、最初の穴が人体の九つの穴を指し、二番目の穴が、呪術によって開けられた穴のことだからか」

「ようでけました」

「どこに呪術の穴を開けられたのか、被害者自身は気づかないのか」

「普通はな。ただ勘の良い人やと、ちょっと右目がかすむとか、左耳が痛いとか、そういう自覚症状が、きっと出るやろな」

沙紅螺たちも同じかもしれないと思いながら、俊一郎は肝心なことを尋ねた。

「祖母《ばあ》ちゃんには、その穴が視《み》える？」

「わたしゃレベルになったら、まぁ当然や」

「だったら穴を塞《ふさ》ぐことも、できるんじゃないか」

「それは、やってみんと分からん」

珍しく謙虚な返答だったので、彼は気遣うように尋ねた。

「いつもの祖母ちゃんだったら、大丈夫って言うのに？　この呪術は、それほど凄《すさ》まじいのか」

「どんな呪術でも、そら恐ろしいもんや。せやけど術である以上、まったく解けんもんでもない」

「それなら――」

「問題はこっちの相手が、犯人やのうて黒術師やいうことや。これまでに黒術師の企《たくら》みを、お前は見事に阻止してきた」

「かなりの犠牲者を出しながら……だけどな」

「それは事実やが、あんたのお陰で助かった命も、その一方であるやないか」

　祖母はそう言ったが、それについて俊一郎は触れずに、

「祖母ちゃんなら、黒術師に対抗できるだろ。まず沙紅螺さんたちを結界で護《まも》ったうえで、邪視を仕掛けてきた犯人を捕まえるとか」

「そら、できんことはない」

「だったら――」

「この依頼を受けたんは、俊一郎、お前やないのか」

　静かながらも力強い声音に、びしっと思わず彼の背筋が伸びた。

「わたしゃには、わたしゃの依頼人さんが、ぎょうさん待って下さってる。ご本人の命がかかっている件も、そらたくさんある。お前の相談には、いくらでも乗るけど、あんたが引き受けた事件は、自分で責任を持って取り組まなあかん」

　こうして祖母に意見を求めるのは、いつものことで珍しくないが、今回は最初から完全に助けてもらう気だったのではないか、と俊一郎は反省した。それほど沙紅螺に視えた死相が、あまりにも悍《おぞ》ましかったからだろう。

「うん、分かった」

彼は返事をしてから、

「犯人が途中で九孔の穴を止められるのは、被害者候補に恐怖を与えるのを中止すれば、それですむからか」

「せやからな、今回のような件では、こういう言い方はしとうないけど、まさに打ってつけの呪術《じゅじゅつ》と言えるんや」

一人ずつ始末していって、これ以上リストラ殺人は必要ない——と判断したところで、犯行を止めればよいのだ。今回の件に最も相応《ふさわ》しいと思われる呪術を、黒術師は犯人に授けたことになる。

祖母との電話を終えたとたん、

「よおっ」

ぶっきらぼうな声と共に、刑事の曲矢が入ってきた。

まさに図ったかのようなタイミングだったが、この不器用な刑事にそんな芸当ができないことは、俊一郎がよく知っている。

ノックをしろ、こちらが返事をしてから入れ——と今さら言っても聞く耳を持たないため、そこは省いたものの、すぐさま彼は駄目出しをした。

「エリカから珈琲《コーヒー》の出前は、絶対に取らないからな」

神保町《じんぼうちょう》の喫茶店〈エリカ〉の珈琲が、俊一郎は大好きだった。そのため探偵事務所でも出前を取ることがあるのだが、曲矢がいると「俺の分も頼め」とうるさい。挙句の果てに事務所を喫茶店代わりにしはじめたので、刑事には「出前禁止」をきつく言い渡してあった。

「おいおい、そういう口をきいていいのか」

当の曲矢はソファでふんぞり返っているが、いつもの態度なので別に珍しくはない。ただし本人は、何やら言いたそうである。

「どういう口だよ」

「他人に珈琲を飲ませんぞ――という口だ」

「もちろん、エリカの出前はなし」

「貧乏な事務所は、辛《つら》いねぇ」

「それが分かってて、珈琲をたかり続けたのは、どこの誰でしたっけ」

「お前なぁ――」

いつも通りの言い合いがはじまる寸前に、

「こんにちはぁ」

明るい声と共に、亜弓が入ってきた。曲矢の歳の離れた妹で、兄とは正反対に性格が良くて可愛い。

「いっしょだったのか」

俊一郎は深い意味もなく言ったのだが、曲矢の次の台詞《せりふ》には、かちんときた。

「今後は亜弓独りで、ここへは来させせん。必ず俺が同行して、お前にいいように使われてないか、常に目を光らせるからな」

「俺は何も頼んでない。彼女が勝手に来て、ここで勉強をしてくんだよ」

亜弓は看護師を目指しており、今は看護学校に通っている。その空き時間に事務所へ顔を出しては、「いつも兄が、お世話になってますから」と言って、掃除や雑用や留守番をしてくれる。ただし、しっかり勉強もしていくので、図書館代わりに利用されている気がしないでもない。

「勝手にって、なんちゅう言い草を――」

「だって――」

そんな二人の間に、慣れた様子で亜弓が入るように、

「はーい、珈琲です」

ソファの机の上に、珈琲チェーン店の紙袋を置いた。

「俺のおごりだ。まぁ心して味わえ」

とたんに曲矢がさらにふんぞり返りつつ、偉そうに言った。

「買ってきたのは、亜弓ちゃんだろ」

「金を出したのは、俺だ」

再び言い合いをはじめた二人を無視して、

「僕にゃーん、私のカフェラテ、少しだけあげるよぉ」

亜弓が僕を捜し出したので、二人も争いをすぐに止めて、

「僕にやるのは、別に構わないけど、本当に少しだけな」

「ぼ、ぼ、僕にゃんは……、ど、どこに、いるんだ？」

俊一郎は僕が人間の飲み物を摂取することを心配し、猫が大の苦手のくせに僕にはぞっこんの曲矢は、あたふたと周囲を見回した。

「はい。ほんの少し、なめさせるだけです」

亜弓が返事をしながらも、なおも僕を捜していると、
にゃぉーん。

鳴き声と共に、とっとっと僕が駆けてきて、床にしゃがんだ彼女の周りを回りながら、すりすりと身体をすりつけ出した。

「どうだ、うらやまし過ぎるだろ」

そんな妹と僕の姿を、複雑な表情で見ている曲矢に、俊一郎は憎まれ口をたたいたのだが、果たして当人に聞こえていたのかどうか。

それにしても僕は、いったいどこへ行ってたんだ？

まさか帰る沙紅螺を、外まで見送っていたのか。

これまでにも依頼人に懐いたことは、何度かあった。でも、そういうときでも見送るのは、せいぜい扉までだった。廊下に出て外まで行くことなど、一度もなかったはずである。

「どうだ、俺のおごりは美味《うま》いか。お前な、ちゃんと感謝して味わえよ」

僕と遊べない鬱憤《うっぷん》を晴らしているらしい、曲矢の執拗《しつよう》なからみを無視して、俊一郎は訊《き》いた。

「それで今回の件だけど、黒捜課も最初から関わるんだろ」

「おうよぉ」

曲矢が変な返しをしたが、「当然だ」という意味だろう。

「研究所の存在と役目は、前から知ってたのか」

「いや、俺は聞いたことがない」

「でも新恒警部は、前々から承知していた？」

「おそらくな」

「黒捜課ができる前からか」

「あの人はエリートだけど、まともな出世コースは、どうも歩んでないみたいでな。もちろん本人の希望なんだろうけど、まぁ可怪《おか》しな男だよ」

曲矢も充分に可怪しかったが、それを言うと喧嘩《けんか》になるので、いったん俊一郎はぐっと口を閉じてから、

「で、黒捜課の対策は？」

今後の取り組みについて尋ねたのだが、

「ねぇよ」

信じられない返事をぶっきらぼうにされたので、俊一郎は呆《あき》れてしまった。

「……ない？」

「ああ」

面倒そうに曲矢が頷《うなず》く。

「ないって何だよ。どういうことだ？」

「どういうも、こういうもあるか。ないってのは、なーんもないことだろが。まったくの無だよ。皆無ってやつだ」

しばらく俊一郎は、じっと曲矢を見つめていたが、

「やっぱり下っ端じゃ駄目だ。新恒警部と話す」

きっと次の瞬間、烈火のごとく怒りまくるだろうと身構えていると、

「新恒なら、いないぞ」

あっさりと曲矢が応じたので、俊一郎はずっこけそうになった。いや、それよりも新恒が不在と知らされ、とても厭《いや》な予感を覚えた。

「どうして？　出張か」

「下っ端の俺が、そんなん知るかよ」

やっぱり怒っているのだと分かって、俊一郎は少し安心しながら、

「あっ、違った。主任だったな。曲矢主任、失礼しました」

さらに煽《あお》るような物言いをしたのだが、

「今回の事件、新恒は当てにできんぞ」

あくまでも曲矢の態度は、妙に冷めている。

……黒捜課の内部で、何かあったのか。

某有名大学を優秀な成績で卒業して——在学中はスポーツでも音楽でも芝居でも才能を発揮した——警察に入り、エリート街道を突き進んできた紳士的な新恒と、二度の停学を食らいながら——どちらも原因は他高校との喧嘩である——何とか高校を卒業して、所轄署で煙たがられつつ、ここまでたたき上げできた柄の悪い曲矢と、本来なら合うはずのない二人だった。

しかし新恒は、曲矢と俊一郎の関係——正確には腐れ縁——に重きをおいていた。自分が俊一郎と親しくなっても、決して出しゃばることはなく、常に曲矢を間に立てた。一方の曲矢は、当初こそ新恒に反感を抱いていたようだが、黒捜課の責任者としての力量を次第に認めるようになっていく。

だから二人は上手《うま》くやってると、これまで思ってたんだけど……。

どうにも様子が可怪しい。曲矢が扱いにくいのは、今にはじまったことではない。だから当人から事情を聞くのは、まず無理だろう。でも新恒なら、きっと正直に教えてくれるはずである。しかしながら本人が不在では、どうしようもない。

新恒警部がいなくて、本当に大丈夫か。

たとえようもない不安が、俊一郎に伸《の》しかかってきた。

元は俺独りだったんだから……。

　そう自分に言い聞かせたが、まったく効き目がなかったのは、すでに黒捜課がなくてはならない存在になっていたからだろう。それは取りも直さず同課の責任者である新恒警部に対して、彼が絶対的な信頼感を覚えている証《あかし》だったとも言える。

「あのな、新恒がいないだけで、黒捜課の協力はいつも通りだ」

　俊一郎の様子を見て、曲矢が苦々しい顔をした。

「その陣頭指揮を執るのが、曲矢主任ってわけか」

「おうよぉ」

　と応じた曲矢の声音に、普段の傲慢《ごうまん》なまでの自信が妙に感じられないことが、さらに俊一郎を不安にさせた。

　……やっぱり変だ。

　そのとき扉をノックする音がして、

「失礼します。黒捜課の唯木《ゆいき》です」

　曲矢の部下に当たる、若い女性の捜査官が入ってきた。

「曲矢主任、弦矢さんのお迎えに上がりました」

「だから、主任は止めろって、何度も言ってるだろ」

「失礼しました、主任」

　普通なら曲矢を厭《いと》うあまり、唯木が嫌がらせをしていると思うところだが、彼女の場合は違う。極めて真面目な性格のため、相手の役職を蔑《ないがし》ろにできないらしい。そういう意味でも、いかにも警察官らしい警察官である。

最近は城崎《しろさき》という男性の捜査官が、この二人に加わることが多い。唯木の後輩だが、生真面目過ぎる彼女とは違い、どこか曲矢にも似た無頼漢的な雰囲気を持っている。とはいえ上司と先輩の手前か、そういった態度を城崎はまだ見せていない。ただし俊一郎に対して、複雑な思いを抱いているのは間違いなさそうだった。彼の実績を新恒警部や曲矢主任から聞いており、黒捜課の捜査資料にも目を通しているものの、こんな青二才が……と疑うような感じだろうか。そういう意味では知り合ったころの、まさに曲矢と似ていた。

唯木を前にして、大きく溜息《ためいき》を吐く曲矢を見て、俊一郎は笑いをこらえながら、

「準備をするので、少し待って下さい」

彼女に断りつつ奥の部屋へ入った。

もっとも準備といっても、鞄《かばん》を取ってくるだけに過ぎない。

鞄の中には、数日分の着替えが入っている。以前は出かけるたびに用意していたが、亜弓の助言で今のスタイルに変えた。ただし曲矢には教えていない。「亜弓は、お前の嫁さんじゃねぇぞ」と怒るのが、もちろん目に見えているからだ。

「それじゃ、行ってきます」

前は変だと思っていた亜弓に対する挨拶《あいさつ》も、このごろは普通に口にできてしまうのだから、慣れとは恐ろしい。

「勉強が終わって、僕にご飯の用意をしたら、あとは戸締りを——」

「はい、任せて下さい」

頼もしい笑顔を彼女が返す横で——実際には下で——僕が何か言いたげな様子をしている。

「おい、早くしろ」

だが曲矢に急《せ》かされたので、俊一郎は「じゃあな」と僕の頭をなでるだけにして、慌てて応接セットまで戻った。僕も「にゃ」としか鳴かなかった。

「亜弓に話があるから、先に行っててくれ」

にもかかわらず曲矢にそう言われ、反射的に俊一郎は文句を返しかけたが、これはチャンスだと素早く判断した。

「では、行きましょうか」

唯木を誘って事務所を出て、外の駐車場に停めてある覆面の警察車両まで歩く途中、彼はふと思い出したとでもいう風を装って、

「そう言えば新恒警部、大変そうですね」

一か八か鎌をかけてみたのだが、

「いえ、私は何も存じません」

それが成功したのか失敗したのか、まったく判断がつかない結果となった。

唯木さんが相手では、こうなるか。

良くも悪くも彼女は堅物である。もし新恒の件で何か情報を持っていても、曲矢に喋《しゃべ》るなと命令されていれば、口が裂けても言わないだろう。そして仮にまったく知らなかったとしても、「えっ、何のことですか」などという軽薄な反応は、まず絶対にしそうにない。

ただ……。

とはいえ彼女も人間である。俊一郎の口から出たのは、黒捜課の責任者の名前であり、かつ彼は意味深長な訊《き》き方をしている。四角四面に応じるにしても、そこに一瞬の躊躇《ためら》いがありはしなかっただろうか。

……新恒警部に、やっぱり何かあったのか。

まさか、黒術師に捕まったとか……。

しかし、それなら真っ先に祖母へ連絡がいって、俊一郎も打ち明けられて、今ごろは曲矢たちと救出作戦を練っているはずではないか。

いや、けど……。

新恒警部の命を盾に、俊一郎たちには決して知らせるな——と黒術師から脅されれば、曲矢たちも従わざるを得ない。

でも、そんな事態が……。

本当に起きているのだろうか。いくら何でも考え過ぎではないか。ほとんど妄想に近いかもしれない。

唯木が無駄口をたたかないのをよいことに、俊一郎が沈思黙考しているところへ、曲矢が現れた。

「亜弓には、ちゃんと言っといたからな」

「何を？」

「留守番するなら、時給をもらえって」

「話って、それかよ」

「大事なことだろうが」

三人が警察車両に乗り込んで、駐車場を出る寸前だった。ビルとビルの間の狭い隙間へ、するっと入っていく人影が、ちらっと見えた。中学生くらいの背格好だったので、特に気にはしなかったのだが、車が事務所を離れるにつれ、妙に引っかかりはじめた。

まるで俺たちから、身を隠したかのようだった……。

はっと俊一郎が後ろを向いたとき、産土ビルが角の大きな建物の、ちょうど陰に入るところだった。

「さっきの人影、見たか」

曲矢に尋ねたが、何のことだ、という顔をしている。

「うちのビルと隣のビルの隙間に、隠れるように入り込んだ人影だよ」

「黒衣の女か」

「いや、中学生くらいだったと思う」

ところが、それに対して曲矢は何も応《こた》えない。唯木も黙ったままである。にもかかわらず二人の間には、なぜか意思の疎通があるように、俊一郎には感じられた。

何なんだ、これは……。

車はダークマター研究所を目指して、ひたすら走っている。これまでなら運転する唯木の後ろで、たとえ事件の話をするにしても、二人は漫才のような掛け合いをするのが常だった。だが、このときは互いに黙ったままで、車内にはどことなく重苦しい空気が降りていた。

流れゆく車窓の風景が、まったく目に入らない。車が走るほどに、どんどん不安感が高まっていく。

研究所で取り組まなければならないのは、果たしてリストラ殺人事件の阻止だけなのか……。

それが分からない今の状態に、俊一郎は何とも言えぬ懼《おそ》れを覚えはじめていた。

黒衣の女（二）

犯人から会いたい、という連絡がきた。

だが、黒衣の女は断った。

不測の事態が起きたわけではなく、第一の犠牲者に九孔の穴を開けることに成功した話を、単にしたいがためだと分かったからだ。

いったん呪術《じゅじゅつ》が動きはじめたら、犯人とは接触しない。

そういう暗黙の決まりが、特にあるわけではない。しかし彼女は、これまでにもそうしてきた。

一刻も早く犯人に独り立ちをさせるため。

あえて理由をあげれば、そうなるだろうか。何と言っても犯人には、黒術師の呪術という最高の「凶器」が与えられている。まさに最悪の凶器であり、また狂気に満ちた凶器でもあった。

それだけで充分ではないか。

呪術の使用方法を犯人に教える以外に、自分にできることは少しもないと彼女は思っている。

ただし時おり、手取り足取りしないと「犯人」になれない者がいる。犯人候補を選別する時点で、ちゃんと適性は見ているつもりだが、実際に呪術が可動しないと見えてこない、その人物の精神上の問題はどうしても出てくる。

だからといって彼女は、決して犯人を甘やかさない。必要と判断すれば手を貸すものの、基本的には放置しておく。

仮にそれで自滅しても、別に構わない。

この世には、いくらでも「犯人」になり得る者がいて、身勝手な理由による殺人事件など簡単に起こせるのだから……。

七　関係者の死視

途中で昼食をとり、また渋滞に巻き込まれたせいで、覚張学園都市のダークマター研究所に着いたのは、午後の遅い時間だった。

俊一郎と曲矢が通されたのは応接室で、すぐに所長の海松谷《みるや》と主任の海浮《かいふ》が現れた。前者はやや小太りの押しの強そうな背広姿の男性で、後者は痩《や》せぎすの白衣を着た地味な女性である。

唯木は研究所へ着いたとたん、他の黒捜課の捜査員と共に、沙紅螺《さくら》たちの警護に当たった。すでに万全の警備態勢が、この所内には敷かれているらしい。

一通り挨拶《あいさつ》がすんだあと、

「立派な青年になられて……」

感慨深そうな表情で海松谷に見つめられて、俊一郎はどう反応してよいのか大いに困惑した。

「愛染様の奈良のご自宅で、とにかく気づかれないようにと、そっと陰から覗《のぞ》き見したときは、とても可愛らしい坊ちゃんでしたよ」

「……はぁ」

とりあえず彼が頷《うなず》いていると、

「いやいや、図体だけ大きくなって、中身はまだまだガキです」

代わりに曲矢が、まるで保護者のように応えた。

いつもなら反撃するところだが、今は逆に有り難かった。それに刑事がようやく彼らしい反応を見せたことも、俊一郎を安堵《あんど》させた。

「あなたにはぜひ、この研究所へ来て欲しかった。でも愛染様が、頑として承知して下さらなかった。弦矢駿作先生も同じでした。『この子は、うちで育てます』と、お二人ともはっきりおっしゃいましてね」

「奈良なんかの田舎の家に籠《こも》ったせいで、根暗な少年になったんですな」

曲矢が茶々を入れるものの、海松谷の耳には届いていないのか、

「あのころは私も、この研究所に入れ込んでおりました」

完全に遠くを見るような眼差《まなざ》しになっている。

「ここのような素晴らしい施設で鍛えてもらってたら、こんな性格の悪いガキには、きっとならんかったでしょうなぁ」

「子どもたちの異能に対する夢が、当時は大いにあったのです」

「今からでも遅くないので、こいつを再教育してもらえませんか」

まったく相手を無視した二人の会話ながら、妙に嚙《か》み合って聞こえるところが、どうにも可笑《おか》しい。

そんな二人の側で、先程から海浮は黙ったままである。にもかかわらず俊一郎は、すでに苦手意識を持ちはじめていた。なぜなら彼女が、ずっと彼の顔を見つめていたからである。

「しょ、所長――」

海松谷と曲矢のやり取りに、少し間ができたとたん、海浮が慌てた口調で割り込んできた。

「弦矢俊一郎さんの死視の力は、物凄《ものすご》いものだとお聞きしているのですが、どれほどのレベルなのでしょうか」

そこからは海松谷が、かつて祖母から教えられたという俊一郎の能力について、滔々《とうとう》と語るのを聞く羽目になった。もっとも熱心に耳を傾けているのは海浮だけで、当人も曲矢もうんざり顔である。

「お前、ここに入ったら、きっと大事にしてもらえるぞ」

「なんで今さら」

冗談かと思ったのに、曲矢は真顔である。

「年長組の年齢は、お前と大して変わらんだろ」

「彼女たちは子どものころから、研究所に関わってるじゃないか」

「しかしな、異能の力は、お前のほうが優れてそうだぞ」

「そしてリストラ殺人に巻き込まれて、黒術師の呪術の犠牲になるのかよ」

「尻《しり》の穴から、どばっと血を流してな」

九孔のうち、わざわざ肛門《こうもん》を選ぶところが、やはり曲矢である。そう思うと腹も立たない。むしろ普段通りの曲矢調が戻ってきたと、俊一郎は喜んでしまった。

そこへノックの音が聞こえた。だが、海松谷と海浮は死視の話に夢中で、まったく気づいていない。

仕方なく俊一郎が立って扉を開けると、廊下には男性と老婦人がいて、思わず互いにぎょっとした。二人が驚いたのは、おそらく俊一郎が突然、扉から顔を出したからだろう。そして彼がそんな反応を見せたのは、老婦人の信じられない容姿を目にしたからである。

いったい何歳なのか不明ながら、つやつやの黒髪の鬘《かつら》を被《かぶ》り、ほとんど面をつけているのと変わらないほどの厚化粧をして、しかも二十代の女性が好みそうな洋服を着ているではないか。

……げっ。

とっさに俊一郎が顔を強張《こわば》らせていると、にいぃぃと彼女が笑って、ぞわっとする悪寒が、たちまち彼の背筋を伝い下りた。ひょっとすると本人は、にこっと微笑んだつもりだったのかもしれない。しかし厚塗りの化粧に、ぴきぴきっと今にも罅《ひび》の入りそうな笑いは、まるでピエロの化物の哄笑《こうしょう》にしか映らない。

祖母はよく自分の若さを強調するが、あくまでも口だけだった。水着になるとか恐ろしいことも時に言うが、絶対に実行はしない。だからこそ彼も、そういう莫迦《ばか》話に付き合っていられるのだが、目の前の老婦人は違った。

祖母《ばあ》ちゃんの妄想の実体化が、ここにいる。

遅蒔《おそま》きながら俊一郎は、慌てて扉を閉めようとした。それを思い留《とど》まったのは、もう一人の男性の信じられない言葉が耳に入ったからだ。

「失礼ですが、死相学探偵の弦矢俊一郎さんですね。こちらはダークマター研究所の会長の、綾津瑠依《あやつるい》様です」

俊一郎はその場で、完全に固まってしまった。

こ、この人が、祖母ちゃんの言ってた、例の会長だって……。

所長の海松谷と主任の海浮の印象も、あまり良いとは言えなかったが、この女性は別格だった。良いとか悪いとかの問題を、あっさりと超えている。

「瑠依ですぅ」

無理に可愛らしく喋《しゃべ》ろうとしたのか、老婦人の声は裏返っており、俊一郎は一気に頭が痛くなった。

「私は副所長の、仁木貝《にきがい》です」

今時はあまり見かけない黒縁の眼鏡、爆発したような髪の毛、両の頰から口と顎《あご》に繫《つな》がる見事な髭《ひげ》、だぶだぶの白衣——といった男性の容姿は、まさにマッドサイエンティストにしか見えない。

にもかかわらず綾津瑠依に比べると、それはもう遥《はる》かにまともに思えたのだから、いかに会長の見た目が異様だったか、よく分かる。

「所長と主任は、どうやら弦矢さんネタで、盛り上がっているようですね」

それに仁木貝の低くて安定した声音は、何とも耳に心地好《よ》くて、四人の中では一番頼りになりそうな気がした。

だからなのか、ふっと頭に浮かんだ言葉を、ぽろっと俊一郎は口にしてしまった。

「……神饌《しんせん》だ」

「えっ、何のことでしょう？」

いぶかしがる仁木貝の横で、再び瑠依がにぃぃぃっと笑いながら、

「さすが、俊ちゃんね。そこに気づいたの」

とっさに俊一郎は、二つのことを感じた。

一つは、誰が俊ちゃんだよ——という突っ込みで、もう一つは、俺のつぶやきの意味が分かったんだ——という驚きである。

「会長、教えていただけませんか」

丁寧に仁木貝が頼んだが、当人は無気味な笑みを浮かべたまま、ただ俊一郎を見つめている。

「あの、別に大したことじゃありません」

仕方がないので、そう断ってから、

「所長の名字『海松谷』の中にある『海松』は、海藻のことです。主任の『海浮』には『海』の字が、あなたの『仁木貝』には『貝』の字があります。どれも神に供える神饌に関わっているなと、ふと思ったものですから――」

「ああ、それですか」

仁木貝は納得しながらも、そこに気づいたことに感心しているようにも見える。

「もちろん、偶然ですよね」

そのため俊一郎も、つい尋ねたのだが、

「会長がそろえられたとも、まぁ言えますか」

えっ……と思わず仰《の》け反《ぞ》るような、仁木貝の返答があった。

名前で職員の人選をしてるのか。

にわかには信じられないが、これほど特殊な研究所の会長である。常識では考えられない人事も、ここでは受け入れられるのかもしれない。

相変わらず俊一郎を、じっと見つめている瑠依には顔を向けないようにして、

「どうぞ」

遅蒔きながら身体をずらして、二人を招き入れたのだが、

「どうやら会長は、あなたを気に入られたみたいです」

通り過ぎる際に、仁木貝に小声で教えられ、ぞっと二の腕に鳥肌が立ったうえに、

「俊ちゃんて、本当に可愛いわね」

そう言いながら瑠依に、その腕をなでられたので、俊一郎はもう少しで悲鳴をあげるところだった。

ここに僕がいれば……。

この老婦人も猫可愛がりするはずなので、きっと自分は助かるだろう。と思ったものの、賢い僕のことだから、とっとと逃げ出すに違いない。

……くそぉ、帰りたい。

彼が心の中でぼやいていると、ようやく会長と副所長に気づいたのか、海松谷と海浮が慌てて席を立ったのだが、その様子がどことなく変だった。

いや、無理もない。

会長が、あれなんだから……。

しかし俊一郎は、すぐさま納得した。どれほどの権力が彼女にあるのか、それは知らないが――もっとも絶大な力を持っていそうだが――所長と主任が完全に呑《の》まれていることは、二人の態度を目にしただけで明らかだった。

「さて、どのように進めますか」

ごく自然な感じで、仁木貝が進行役を務めたので、俊一郎は少し安心しつつ、

「関係者全員を、まず死視する必要があります」

「すべての職員をですか」

「研究所に関しては、そうなります。あとは学生寮の方々を、どうするか」

「そっちはいいだろ」

曲矢が口をはさんだが、その視線はあらぬほうへ向けられている。間違っても瑠依を目にしないように、という用心のためとしか思えない。

あの曲矢刑事でさえ……。

畏《おそ》れているように見えるほど、綾津瑠依という存在は異彩を放っていた。もっとも彼女の場合は、あまり好ましい異彩ではなかったわけだが。

「狙われている沙紅螺さんは、年長組です。とっくに学生寮は出ていますので、私も研究所だけでよいと思います」

仁木貝のまとめに、海松谷も海浮も頷《うなず》いている。

ちなみに年少組は、この事件の片がつくまで、研究所には出入禁止にしているという。職員たちが学生寮に行って、向こうで授業をするらしい。

「研究所だけと言っても、俊ちゃんの負担は、結構なものになるでしょ」

瑠依に気遣われ、俊一郎は複雑な気持ちになった。彼が「俊ちゃん」と呼ばれたとき、隣で曲矢が明らかに笑いをこらえたのが分かったため、よけいである。

「これまでにも一度に、何人も死視して、ぶっ倒れたことがあったからな」

とはいえ曲矢も、また彼の心配をした。

「ここを使っても構わなければ、一人ずつ死視します」

結局、この俊一郎の提案が受け入れられた。曲矢は同席すると言い張ったが、死視に集中できないからと断った。本当の理由は、年長組の面々と対峙《たいじ》したとき、横にいかつい刑事がいたのでは、何かと差し障りがあると考えたからだ。

死視した結果を本人に伝えるかどうか、それが少し問題になった。ただ、沙紅螺から相談を受けた新恒が、この件について所長の海松谷と話し合っており、その内容は職員にも共有されていた。また、沙紅螺が雛狐《ひなこ》と看優《みゆう》に打ち明けたことで、彼女たちから他の仲間にも伝わっている。そのため結果を隠すことに、あまり意味がないとも言えた。

「犯人の邪視に注意するためにも、誰に死相が出ているのか、関係者は全員が知っておいたほうが、よくありませんか」

俊一郎の意見が通り、前もって全員が心構えをしておくこと、という通達が早急に研究所内で回された。

こうして応接室に俊一郎だけが残り、関係者の死視がはじまった。

最初が綾津瑠依なので、彼は早くも嫌になった。会長のため一番にしたわけだが、一時とはいえ二人切りになると思うと、何はともあれ逃げ出したくなる。

「死相は視《み》えませんせん」

すぐに結論を教えて、さっさと追い出そうとしたが、色々と話しかけてくる。しかも「彼女はいるの？」「どんな子が好き？」と、今回の件とは少しも関係のない質問ばかりを、次から次へと投げかけてくるのだから始末に負えない。

「曲矢刑事ぃぃ！」

何かあったときのために、廊下に待機している曲矢を、いきなり呼ぶ羽目になってしまった。

二人目は所長の海松谷で、沙紅螺に視えたのと同じような紫の薄い膜が、身体全体を覆っていた。それを彼に伝えると、無言で頷いただけだった。犯人の心当たりを訊《き》いても、特にないという。

どこか非協力的だなと俊一郎が感じていると、

「新恒警部には無関係だと言われたのですが、一応お耳に入れておきます」

と断って、この一年くらいの間に、研究所が脅迫状を何通も受け取っている――という驚くべき事実を、淡々とした口調で述べた。

「どんな内容ですか」

「当研究所が何を行なっているのか、それを世間に公表しろ……と」

「脅迫者の心当たりは？」

海松谷は力なく首をふった。

「その脅迫状について、今回の事件には何の関係もないと、新恒警部は判断されたんですよね」

所長はこっくり頷いてから、

「とはいえ弦矢さんに、本件をご依頼したわけですから、お伝えしておいたほうが、良いと考えたわけです。では、よろしくお願いします」

そう言って一礼してから、そのまま退出しようとしたので、

「あの、素朴な疑問があります」

俊一郎は慌てて引き止めた。

「何でしょう？」

「一連の脅迫文が、今回の事件と関係ないと見なされたのは、それが黒術師のやり方とそぐわないからです。だから俺も、新恒警部の考えに賛成します」

「なるほど」

「今回の事件の一番の特徴は、犯人の動機が研究所の経費削減にともなうリストラにある——と、今のところ見なされている点です」

「そういう認識を、私も持っています」

「だったらとりあえず撤回して、この危機を回避するのが、最善の対応策だと思うのですが、どうでしょう？」

「国が決めたことですからね。今さら変更は無理です」

「それなら問題となるリストラを、さっさと実行してしまい、犯行そのものを無意味に

する。この手はどうです？」

「そんな大事な決定を、研究所の一存ではできません」

海松谷は研究所の所長という立場にあるが、彼の上には何人もの「お偉いさん」がいるらしい。そういう仕組みを新恒警部も理解しているからこそ、こういう事態になっているのかもしれない。

あの警部も結局は、宮仕えだからなぁ。

だからといって納得できたわけではないが、一介の探偵である俊一郎には、どうすることもできない。

三人目は副所長の仁木貝だが、死相は視えなかった。犯人も分からないらしい。彼は丁寧に一礼してから退出した。

四人目は主任の海浮で、海松谷と同様の死相が視えた。それを俊一郎が教えると、もっと詳しく聞きたがった。ただし彼女の興味は自分の死相に対してではなく、彼の死視そのものにあるらしい。完全に研究者の顔で接してきたため、「あなたの死視はすみました」と冷たく追い出した。そのため瑠依と同様に、「誰が犯人と思うか」の質問ができなかった。

ついで五人の職員を視たが——うち一人は医務室の医師である——死相が出ている者は一人もいない。ただ、医師をのぞく四人のうちの二人は、こちらに探りを入れるような態度をとった。だが俊一郎が何も答えないでいると、仕方なく諦《あきら》めたようだった。

今この研究所で何が起きつつあるのか。大まかな説明を所長から、職員たちは受けている。しかし詳細までは知らされていないので、彼から聞き出そうと試みた。ただし、この件には関わるなと釘《くぎ》を刺されている。よって深追いはしなかった。

二人の職員については、そんなところだろうと俊一郎は考えた。

いよいよ年長組の順番になった。沙紅螺の死視は探偵事務所ですんでいるが、話もあったので最初に呼んだ。

「何なんだ、あの会長っていうのは？」

彼女が目の前に座ると同時に、俊一郎は猛然と抗議したのだが、

「だって、めったに来ないんだよ。だから私も、うっかり忘れてたの」

しれっと返され、彼は頭にきた。

祖母も言っていたように、普段は研究所に顔を出さないらしいが、その存在とあの厄介な人物像を事前に伝えることくらい、沙紅螺にもできたはずである。それを怠ったのは、どんな言い訳をしようと彼女が悪い。

「失念できるような存在か、あれが？」

「いや、だからさ、忘れたいと思うわけ」

とはいえ、そういう風に言われると、確かに一理あったため、もう俊一郎も言い返せない。

「副所長はまともだから、まぁいいでしょ」

「……それは、俺も感じたけど」

「あの人は、信頼できる。でも、やっぱり研究所には、めったに出てこないから、外部との折衝が、きっと仕事なんだと思う」

つまり沙紅螺たちにとって、所長の海松谷と主任の海浮は身近だが、会長の瑠依と副所長の仁木貝は遠い存在なのだろう。

だから前者には死相が出て、後者は視えなかったのか。

そう判断しかけたが、もう一つの解釈があることに、すぐさま俊一郎は気づいて、はっと身を強張《こわば》らせた。

どちらかが犯人だからこそ、死相が現れていないのではないか……。

九孔の穴の呪術《じゅじゅつ》は、九人の犠牲者をそろえないと使えない。ただし九人の中に、自分自身を含めても何ら問題はない。いくらでも途中で止めることができるからだ。とはいえ自らに術をかけるのは、できれば避けたい。おそらく誰もがそう思うだろう。これから凄惨《せいさん》な連続殺人事件を起こす予定の、当の犯人ならなおさら……。

いや、犯人だから、よけいに自己保身の気持ちが強いのではないか。黒術師の呪術に護《まも》られ、その背後に隠れて、自分は安全圏にいながらにして、おのれの邪魔者を始末していく。これほど利己的で卑怯《ひきょう》な犯人なら、可能な限り自己犠牲は払いたくないと、きっと思うに違いない。

同じことは、医師を含む五人の職員にも言えるか。

そこまで俊一郎が推理を進めたところで、「おーい、帰ってこーい」と沙紅螺に声をかけられて、はっと我に返った。

「弦矢くん今、完全にどっかへ行ってたよ」

少し迷ったが、この考えを彼女に伝えてみた。

「うーん、会長と副所長が犯人っていうのは、どうも違う気がする」

だが、あまり乗ってこない。

「何か根拠はあるのか」

「二人とも事件を起こすほど、この研究所に関心がないっていうか……」

「でも、会長と副所長だぞ」

「そうなんだけどさ」

犯人ではないと除外できる証拠がない限り、油断すべきではないと思う反面、俊一郎よりも遥《はる》かに内部事情を知る沙紅螺が、そう感じた事実も決して蔑《ないがし》ろにはできないと、彼も一応は考えた。

「職員たちは、どうだ？」

「そっちは、もっとない。年長組の整理がすむと、確かに職員たちの数も、今ほどいらなくなる。けど雛狐や紗椰が、引き続き探ったところによると、彼らの行き先は、いくらでもあるみたい。それに入所する子どもが、新たに出てきたら、また職員が必要になる」

「動機がないわけか」

この点については、のちほど所長に確認したが、まったく同じ返答があった。

「私たちに関わる熱意という点でも、所長と主任に比べると、職員たちは相当ドライかもしれない。もっとも所長は肝心のお熱が、ここ数年かなり冷めてるみたいで、ちょっとよく分からないけど」

四人の職員と医師は、ほぼ白に近い。しかしながら会長と副所長は、今の時点では灰色だな――と俊一郎は判断してから、こう切り出した。

「ところで、新恒警部だけど――」

この話題を持ち出すべきかどうか迷ったが、曲矢をはじめ黒捜課の者が沈黙を守る以上、あとは沙紅螺に訊《き》くしかない。

「最初に相談してから、また会った？」

「いいえ」

彼女は首をふってから、この質問の意味を推し量るかのように、じっと俊一郎を見つめたので、

「黒い人影に追いかけられたのが一昨日《おととい》、それを新恒警部に相談したのが昨日、そして今朝、君は事務所を訪ねた。だから俺は今、この研究所にいる」

「うん、その通りよ」

「つまり今回の事件に関わった、言わば捜査側の最初の人間が、新恒警部になるわけだ。

しかも彼は、黒捜課の責任者だ。にもかかわらず警部は、その後まったく姿を現していない。本来なら今、この研究所にいて、陣頭指揮を執っていても可怪《おか》しくないくらいなのに」

「いつもそうなの？」

この問いかけに、彼はやや困った。

「……いや、現場は曲矢刑事に任せて、事件が解決する直前に、新恒警部が現れる場合も確かにある」

「だったら、今回も――」

ほっとする沙紅螺を前に、ここで再び俊一郎は迷ったが、曲矢から聞いた「新恒はいない」という不可解な言葉を、結局そのまま彼女に伝えた。

「そんな……」

かなり戸惑った表情を沙紅螺は浮かべたあと、

「どんな事情か分からないけど、あの曲矢って柄の悪い人、それを弦矢くんに喋《しゃべ》るなんて、刑事失格じゃない」

「うん、まぁ、色々と問題のある刑事なんだけど、俺は彼ら側みたいなものだから、つい口にしたんだろ。でも、そんな大問題を打ち明けながら、なぜ新恒警部がいないのか、肝心の理由を言わないのは、明らかに変だと思わないか」

「それは、確かに……」

彼女は考え込む素ぶりを見せてから、

「新恒警部の不在に関して、曲矢刑事が何か隠してるってこと？」

「そうとしか、ちょっと思えなくて……」

「けどさ、あのがさつそうな人に、そんな隠し事なんてできるかなぁ」

俊一郎が大笑いをしながらも完全に納得してしまう、それほど合致した曲矢の人物評だったのだが、ゆえに彼は真剣な顔つきで、

「もしかすると警部の身の上に、何か起きたのかもしれない」

それに黒術師がからんでいるのではないか——という自分の懸念を伝えた。

「まさか……」

沙紅螺は否定したものの、かなり不安そうである。

「いくら何でも、弦矢くんの考え過ぎじゃ……」

「それなら、いいんだけど……」

そのとき突然、がらっと扉が開いて、当の曲矢が顔を出した。

「な、何かあったのか」

「えっ、そうなの？」

俊一郎の反応に、沙紅螺も慌てて尋ねたらしいが、

「やけに長いんでな、二人でいちゃついてんじゃねぇかって、保護者として心配になってな」

とんでもない曲矢の言いがかりに、かあっと彼女は顔を真っ赤にさせた。

「そ、そんなわけ、ないだろ」

もちろん俊一郎も怒った。

「それに保護者って、何だよ。俺も彼女も、とっくに成人してる」

「いやいや、何も自由恋愛を認めんとか、そういう主義ではないが、とはいえ時と場所を選ばんとな」

曲矢が一向に悪ふざけを止めないので、

「それじゃ」

いたたまれなくなったのか、さっと沙紅螺がソファから立って、応接室を出ていった。扉を通るときに、曲矢を無視したのが、ささやかな抗議だったのだろう。

「邪魔をするなら――」

俊一郎も文句を言おうとしたが、

「ほい、そんじゃあ次だ」

曲矢は年長組の二人目を呼びに、さっさと行ってしまった。

八　犯人は誰なのか

次は雛狐《ひなこ》だった。ちなみに七人の順番は、俊一郎が決めた。特に理由はないが、事務所で聞いた沙紅螺《さくら》の話の中で、登場した順に一応はしてある。

その沙紅螺とは違って、かなり大人しい印象が雛狐にはあった。挨拶《あいさつ》の口調もおっとりとしている。

「こんにちは。よろしくお願いします」

ぽっちゃり系の容姿も、のんびりした性格と合っていそうである。その印象は、どことなく亜弓に似ている気がした。だからこそ俊一郎は、心が和むような安らぎを覚えたのかもしれない――のだが、
彼女は読心術ができる。

その事実が脳裏に浮かぶや否や、穏和な様子は見せかけだけではないのか、という疑心が芽生えた。ほんわかした態度の裏に隠れて、こちらの心をじっと読んでいるとしたら……と、思わず身構えそうになった。

にもかかわらず次の瞬間、俊一郎は悟った。探偵事務所を訪れる依頼人の多くも、今

の自分と似た不安を覚えて、きっと彼の前に座っているのだ——と。

そう思ったとたん、逆に気が楽になった。心を読まれるのではないかと心配するのは、こちらの杞憂《きゆう》であって、相手にそんなつもりはない。なぜなら俊一郎が、そうだったからだ。依頼があって、はじめて死視する。おのれの異能の怖さを知る者の、それは一種の自衛だったのかもしれない。

雛狐にも死相は視《み》えた。所長たちと同じである。それを伝えると、覚悟はしていたけど、やっぱり耐えられない……という様子を彼女は見せた。

「大丈夫？」

「……はい。何ともありません」

と言いつつも無理に微笑もうとして、顔を強張《こわば》らせている。

「他の人に視えた死相と同じで、あなただけ特別ってわけじゃないから」

思わず慰めようとしたが、その台詞《せりふ》が何の役にも立たないことに気づき、彼は口籠《ごも》ってしまった。

それが雛狐にも伝わったらしく、気まずい雰囲気になったが、

「ご自分の能力を活《い》かして、探偵をされてるなんて、本当に凄《すご》いですね」

彼女が助け船を出してくれたので、俊一郎も何とか会話を続けることができた。

「俺の考えじゃなくて、祖父のアイデアだけどな」

「へぇぇ、お祖父《じい》さんの」

そう返した雛狐の物言いには、うらやましがっているような感じがあり、彼をはっとさせた。

七人の多くは研究所に入るに際して、言うなれば家族に見捨てられた……。

だからこそ彼女は、孫の異能を疎んじることなく、それを一つの才能と認めて、死相学探偵として生きる術《すべ》を示した――そんな祖父を持つ俊一郎を、おそらく羨望《せんぼう》したのではないだろうか。

「やっぱり小説家だけあって、発想が素晴らしいです」

「大して売れない、マイナー過ぎる怪奇作家だよ」

雛狐が気を取り直したようなので、彼も軽く返したのだが、

「それにお祖母《ばあ》さんも、また凄い人ですよね。そんなお祖父さんお祖母さんがいて、本当にいいなぁと思います」

またしても弦矢家に対する羨望めいた台詞を口にしたので、俊一郎はわざと事務的な態度で、いきなり話を進めた。

「あなたの特殊な能力は、読心術だと聞いている」

「……はい、そうです」

とたんに彼女の顔が、再び強張った。

「読める人と、読みにくい人がいる？」

雛狐は頷《うなず》きながら、

「相手だけでなく、その人までの距離や場所の問題も、かなり影響します」

「そういうときって、なぜ読めないのか、その理由も分かるものかな」

「だいたいは」

「沙紅螺さんが何者かに襲われかけて、黒捜課の新恒警部に相談した結果、黒術師の関与が疑われた。だから彼女は、俺に依頼をした。ここまでの話を、あなたは沙紅螺さんから聞いていた」

「ええ、私と看優《みゆう》ちゃんに、沙紅螺さんは教えてくれました」

「だから周囲の人たちに対して、あなたは読心術を試みた。でも、まったく結果が出なかった……と沙紅螺さんから聞いてるけど、なぜだと思う？」

「……わ、分かりません」

「黒術師のせいで、妨害されたとか」

「……ほ、本当に私、何も分からなかったんです」

黒術師の妨害の可能性は、普通にあるだろう。よって雛狐の読心術が通用しなかったとしても、別に不思議ではない。だが、なぜ読心術が使えなかったのか、その理由に彼女が何ら思い当らなかったのは、ちょっと変ではないか。呪術《じゅじゅつ》の正体までは不明でも、何かに妨害された……という感覚は残るのではないだろうか。

このことは今の雛狐の話からも、充分に推察できる。

では、どうして彼女は、何も分からないと否定するのか。

なぜなら読心術は成功しており、犯人の正体も知っているが、その人物を彼女が庇《かば》っているから……。

――という推理が、俊一郎の脳裏を駆け巡った。

これほど人畜無害に見える女性が……とは思うものの、人間が心の奥底に秘める闇の濃さは、本当に黒々としている。相手がどれほどの聖人君子であれ、決して例外はないと言えるほど、その暗闇と彼は対峙《たいじ》してきた。

彼女は嘘を吐いてる。

そんな疑惑がぬぐえないまま、雛狐の死視は終わった。

最後に「容疑者」に心当たりはあるかと尋ねると、ふるふると首をふった。その仕草がまた、本当ではないように、俊一郎には思われてならなかった。

三人目は火印《かいん》である。強過ぎる癖毛、太い眉《まゆ》、細くて小さな目、団子鼻、分厚い唇と、かなり個性的な顔立ちをしている。

だが、そういった部位に難があると、俊一郎は少しも思わなかった。体格の立派さも手伝って、むしろ良い意味での無骨さがあると感じた。

にもかかわらず彼が良い印象を覚えなかったのは、あたかも他人を盗み見るような目つきが原因だった。本人が妙なコンプレックスを持っているらしいことも、それに加わるだろうか。

「死相を視る探偵だって聞いて、どんな人かと思ったけど、まるでモデルみたいじゃないですか」

「モ、モデル？」

びっくりして俊一郎が目を向けると、さっと相手は視線をそらす。

「そんなこと、言われた覚えがない」

しかし彼が困惑してよそを見やると、とたんに刺すような鋭い眼差《まなざ》しで、

「天は二物を与えず――なんて、やっぱり嘘でしょう。この研究所に来て、つくづくそう思うようになりました」

異能と容姿の取り合わせについて、どうやら彼は気にしているらしい。確かに沙紅螺は美形であり、雛狐も可愛い。しかし容姿がどれほど良くても、他人とは異なる能力を持ったせいで、誰もが何らかの差別を受け、酷《ひど》い目に遭ってきた過去があるのではないだろうか。

そんな風に尋ねたが、火印の答えは一貫していた。

「でも顔がいいだけ、まだ救いがあるでしょ」

ここで俊一郎が実体験を持ち出して否定しても、何の意味もない。せめて容姿が麗しければ……という辛《つら》い思いを本人がしてきたことは、おそらく間違いないからだ。それに死相学探偵の役目は、別にカウンセリングではない。

火印を死視すると、みんなと同じ光景が視えた。それを伝えたが、あっさりと受け入れた様子だった。

「君は犯人として、誰を疑う？」

俊一郎の問いかけに、彼は雛狐と同じく最初は首をふっていたが、

「他人の力を借りて、なんていう姑息《こそく》なやり方は、いかにも翔太朗《しょうたろう》っぽいけど、そこまでの度胸が、あいつにあるかなぁ——って思うと、ちょっと信じられなくて……正直よく分かりません」

妙な物言いになったのは、沙紅螺が「犯人は翔太朗よ」と言っているのが、彼にも伝わっているからか。

「度胸っていうのは、仲間の命を奪うこと？」

「いくら自分で手を下さないからって、間違いなく殺人でしょ。あの格好ばかりで中身のないやつが、そんな重圧に耐えられるかなぁ」

火印の意見はもっともだったが、俊一郎は死相学探偵としての経験から、むしろ逆の捉《とら》え方をした。

そういう弱い人間だからこそ、身の丈にあまる絶大な力を持ったとき、恐ろしい怪物に変貌《へんぼう》するのではないか。そしていったん暴走がはじまると、決して自分で止めることができなくなってしまう。

だが、まだ翔太朗が犯人だと判明したわけではないため、それを火印に伝えることはしなかった。

「もう終わりですか」

俊一郎が何も言わなかったので、火印にそう訊《き》かれた。

「うん。次は阿倍留《あべる》くんだけど――」

「弟は僕がいないと、何も喋《しゃべ》りません」

「そうらしいね」

一対一が望ましいのだが、この場合は仕方がない。

「このまま同席してもらえるかな」

「最初から、そのつもりでしたから……」

と尻切《しりき》れとんぼのようになって、火印が黙ってしまったので、おやっと俊一郎が不審がっていると、しばらくして曲矢が扉から顔を出した。

「こっちが呼びにいく前に、向こうから来たぞ」

刑事の側には、はっと息を呑《の》むほどの美少年が立っており、無表情な顔で室内を見やっている。

「阿倍留です。こっち」

俊一郎に紹介してから、火印が弟を手招いた。

「ひょっとして、テレパシーで呼んだのか」

遅蒔《おそま》きながら俊一郎が気づくと、にやっと火印が笑いながら、

「ただ単に相手を驚かせるためだけに、この能力を使う機会って、あんまりありませんから、つい……」

その理由には俊一郎も、ふっと頬を緩めてしまったが、そうして笑みを交わしているのは二人だけで、阿倍留は無表情のままである。

こんな顔立ちの弟がいたら……。

先程の火印の複雑な心境も、少しは理解できるような気がしたものの、それは長く続かなかった。いくら話しかけても、阿倍留が何の反応も示さなかったからだ。なまじ容姿が良いだけに、そこには妙な痛々しさが感じられて、何とも遣《や》る瀬無い気持ちになってくる。

まるでお人形のような……。

この比喩《ひゆ》が当てはまる人物を、はじめて俊一郎は目にした。顔立ちだけでなく、年齢よりも幼く感じさせる中学生のような身体つきも、そんな印象を持つ原因だったかもしれない。

さっそく死視すると、兄と同じ死相が視《み》えた。それを本人に教えても、まったく無反応である。

「ショックを受けてるかな」

仕方なく火印に確かめる。

「いえ。事前に言われてましたから、僕も弟もそれほどは……」

「容疑者の心当たりを訊いても、やっぱり答えてくれないか」

「誰が怪しいと、お前は思う？」

兄の質問に、弟は少しも応じないように見えたが、

「はっは。全員だって言ってます」

乾いた笑いと共に、火印が代わって答えたので、またしてもテレパシーを使ったのだろう。

「普段の会話も、ほとんど喋らずに？」

好奇心から尋ねると、いきなり火印は真顔になって、

「たいていのことは、弟がどう感じるか、わざわざ訊かなくても、すぐ分かってしまうんです。そうでない場合も、こちらが尋ねるより先に、阿倍留がテレパシーで答えてしまう。ただ、この数年、なんか分からなくなってきて……」

「どういう意味かな」

「これまでの経験から弟の気持ちを、いち早く僕が察したのか。彼が本当にテレパシーで答えたのか。この区別がつかないときがあって……。これって良くない徴候だと思ってたんですけど、最近は阿倍留の思いを、僕が無意識にでっち上げてしまってるんじゃないか……って、そう考えるときがあります」

よく考えると、かなり恐ろしい状態かもしれない。そういう事態になったのが、もしも研究所での訓練のせいだったとしたら、よけいに酷である。

俊一郎がかける言葉をなくしていると、

「もう終わりですか」

火印は先程と同じ台詞《せりふ》で確認して、阿倍留を連れて退出した。

この双子とのやり取りで、何となく俊一郎は精神的に疲れてしまった。もしも自分に兄弟がいて、似て非なる異能を持っていたら……と脳裏の片隅で、ふと想像したせいだろうか。

この兄弟とは対照的な印象を受けたのが、次の看優である。沙紅螺や雛狐とは違う平凡な容姿だったが、とにかく明るさと愛嬌《あいきょう》を持っていた。

そもそも彼女の第一声が、

「えーっ、こんな格好ええ男やなんて、沙紅螺さんから聞いてない。そんなん、うち分からんかったわ」

「……そ、それは、どうも」

珍しく俊一郎が照れて、思わず礼を言ってしまったほどである。

「確かに阿倍留は、びっくりするほどの美少年やけど、あの無反応ぶりは辛いもんなぁ。会話ができへんやなんて、うちの場合はあかんわ。それに比べて弦矢さんは、ちょっとシャイそうやけど、きっとまともやと思うんよ」

「……そ、そうなのか」

「とはいえ芯《しん》は強そうやから、同じ性格の沙紅螺さんとは、きっと合わんよ。すぐ喧嘩《けんか》になるやろなぁ。雛狐さんやったら、優しゅう弦矢さんを包んでくれるやろうけど、今度は互いに遠慮してもうて、なかなか先に進めんわけよ。つまり残るんは、うちだけってことやね」

そこで看優は、はっと気づいたように、

「紗椰《さや》もおるけど、あれは止めといたほうがええよ。沙紅螺さんより、ひょっとしたら美人かもしれん。でもな、えろう冷たい女なんや。あれと付き合《お》うたら、弦矢さんは不幸にしかならんわ」

まだ会っていない紗椰に対するイメージが、どんどん悪くなっていく。第三者から情報を得られるのは好都合ながらも、あまり偏るのも考えものである。

そんな俊一郎の心配をよそに、

「あーっ、それとも、もう彼女がいてるとか」

看優の独りよがりな話は、ずっと途切れることなく続いている。

「いいや、うちの見たてでは、おらんと思うなぁ」

「それはおいといて、本題に入っても――」

「ええっ、肝心なことやん」

「どうして？」

「探偵なんて商売は、いっぱい他人に会うやろうけど、そういう出会いは少ないんと違う？　うちらも同じやから、せやったら似た者同士で――」

「新恒警部はいいのか」

ふと沙紅螺の話を思い出して、とっさに口にしたところ、

「いややわぁ、沙紅螺さんが喋ったんやろ」

看優は顔を赤くしながら、

「うち、年齢は関係ないねん。むしろあの歳の男で、警部さんほどイケてたら、もうなーんもいらんわ。せやのに、あんな――」

と際限なく喋りが続きそうだったので、

「今から、あなたの死視を行ないます」

ばっさり切るように俊一郎が宣言すると、

「はい」

意外にも素直な返事があったので、彼は拍子抜けした。もっと早く強い態度に出ておくべきだったと反省したが、図らずも他のメンバーの人物評を聞けたのは、収穫だったかもしれないと思うことにした。

「あのー、それって、痛いことないよね」

ここまでの勢いが急になくなり、ちょっと不安そうな顔を看優は見せている。

「こっちに負担が出ることはあっても、そっちには何もない」

「弦矢さん自身が、辛《つら》い目に遭うの？」

本当に彼の身を気遣うような表情と口調だった。能力は違えども同じ異能者として心配してくれたらしい。

「一度に何十人も、死視したような場合はね」

相手の気持ちが分かったので、すぐさま俊一郎は否定した。

「今回のように一人ずつ、ちゃんと時間を空けて視るのなら、特に問題はない」

「そんなら、ええけど……」

ほっとした様子を見せたあと、看優はソファに座り直して姿勢を正した。それから両目を閉じたのは、やっぱり死視が怖かったからか。

「はい、終わった」

「ええっ、もう？」

あまりの呆気《あっけ》なさに、彼女は半ば笑っている。だが次の瞬間、ふと真顔になって、

「どんな風に、うちは視えた？」

死視の結果を、俊一郎は簡潔に説明した。まったく同じものが、他の者たちにも視えた事実も、もちろん忘れずに付け加えた。

「……気味悪いなぁ」

もっと騒ぐかと思ったが、ぽつりと呟《つぶや》いただけだったので、また妙な話をされないうちにと看優に尋ねた。

「犯人の心当たりは、ある？」

「うーん、やっぱり翔太朗かなぁ」

「根拠は？」

ほとんど期待せずに訊《き》いたのだが、どうやら彼女なりの推理があるらしい。

「最初に狙われたんが、沙紅螺さんやったから。この事件の動機はタイミングから見ても、雛狐さんと紗椰の情報から考えても、研究所の経費削減にあると、やっぱり思うんよ。で、リストラが行なわれるとして、真っ先に対象になるんが、翔太朗しかおらんわけ。親の寄付が、もう当てにならんのやったら、彼は自然に消えるしかなかったんやけど、黒術師いう信じられん存在が、なんと協力して……いう話を聞かされたら、いかにも翔太朗が乗りそうやと感じた。そうなったら彼が一番に狙うんは、沙紅螺さんやろうからな」

動機は沙紅螺本人から聞いたものと同じだった。そこで俊一郎は翔太朗が犯人だった場合に、二番目以降の順番を推測できるかと尋ねた。

「次は、うちと違うかなぁ。彼のことは、正直あんまり好きやない。それが態度に、どうも出てしまうみたいで、向こうからも嫌われてると思う。雛狐さんも決して好意は持ってないけど、それを表に出すような子やないから。でも、うちら二人と仲良しやから、とばっちりで三人目になりそう」

「火印と阿倍留は？」

「どうやろ。阿倍留は美少年やから、きっと嫉妬《しっと》してるに違いない。けど男の子を選ぶよりも、あいつやったら女の子を犠牲にするほうを、絶対に好むやろな」

完全に変態の殺人鬼扱いである。

「それに彼は、男尊女卑が酷《ひど》いし、うちと雛狐さんの能力なんか、まったく認めてないから……。となると三番目が雛狐さんで、四番目が阿倍留、それから……って殺し過ぎか。リストラのために、何人を始末したらええんか、うちには分からんから……」

「所長と主任は？」

「リストラを進めるんが、所長やったら狙われるやろね。主任の場合は、彼の評価が良くも悪くもないからなぁ。けど、それも親の寄付金のせいなんで……。主任は判断が難しいかも。ただし二人は、絶対うちらのあとになるよ」

最初はどうなることかと心配したが、なかなか看優とは実りのある話ができた。

「うちの次は、どっちなん？」

最後に彼女はそう訊いたが、すぐに首をふると、

「いや、言わんでもええわ。翔太朗やったら話半分に聞いて、紗椰やったら相手に呑《の》まれんように、気ぃつけてな」

そんな忠告をして、部屋を出ていった。

九　第一の事件

次は当初の予定――沙紅螺《さくら》の話に登場した順番――を変えて、紗椰《さや》を呼ぶことにした。

ここまで翔太朗《しょうたろう》犯人説が出るようなら、彼を一番あとにして、先に彼女の意見も訊いてみたいと思ったからである。

扉から入ってきた紗椰を一目見て、なるほど——と俊一郎は感心した。

彼女は確かに美人であり、スタイルも良く、かつ賢そうに映ったからだ。これで異能を持っているのだから、「天は二物を与えず」どころの話ではない。

紗椰は黙ってソファに座ると、少しも笑うことなく、というよりも一切の感情を表に出さないような顔で、真正面から彼を見つめた。

「死視をはじめます」

俊一郎も過去の無愛想さが戻ったような態度で、いきなりそう言ったのだが、彼女は微《かす》かに頷《うなず》いただけである。

紗椰の全身にも、やはり他の人たちと同じ死相が視《み》えた。その結果を知りたいかと訊くと、再び微かに頷いたので、彼は事実を教えた。

その瞬間、彼女の表情が少しだけ変化した。いかに心構えをしていたとはいえ、自分に出ている死相の説明をされたのだから、さすがに何か感じるものがあったのだろうか。

とはいえ懼《おそ》れたわけでも、怯《おび》えたわけでもなさそうである。もっと別の何かなのだが、その正体が分かったのは、彼女がはじめて口を開いたときだった。

「どんな感じ？」

「えっ……」

「相手に死相が視えたとき、どんな気分になる？」

紗椰が気にしたのは、俊一郎が死視によって受ける影響らしい。

「……それは、依頼人によっても、視えた死相によっても、まったく違ってくる」

「けど、心地好《よ》くはないでしょ」

「当たり前だ」

「怖い？　苦しい？　悲しい？」

その無神経な訊き方に、彼は不快感を覚えたが、

「依頼人が自分の死期を悟って、そのうえで死視してほしいと頼んできた事例で、ほとんど何も感じなかったことがある」

わざと質問からずらした答えだったが、とりあえず応じた。

「それって本人が、もう覚悟を決めてたから？」

「たぶんな」

「私はね、透視したとき――」

すると彼女が、いきなり自分のことを話し出した。

「その品物にまつわる人たちの、様々な思いを感じることがある。そこには好ましい感情もあるけど、強く覚えるのは逆の場合が多い」

ただ単に何かを透視するだけの力ではない……と聞かされて、俊一郎は驚いた。物体や場所に残された人間の残留思念を読み取るサイコメトリーの力まで、彼女は持ってい

ということなのか。

「いつも、じゃないの」

「透視する物に関わっている人間の、思いが強い場合には――ってこと？」

微かに紗榔が首を縦にふる。

「その能力を使って、今回の犯人を突き止められないのか」

沙紅螺には失敗したと聞かされ、当の雛狐《ひなこ》も首をふっていたが、この勝気そうな紗榔からは、別の返事が聞けそうな気がした。だから彼も、あえて尋ねたのだが、

「駄目だった」

「どうして？」

彼女は怒ったように、そう答えた。

「駄目なものは、駄目なの」

「それは分かるけど、なぜ失敗したのか、理由があるんじゃないか」

「私は、失敗しない」

怒った紗榔の顔を見て、綺麗《きれい》だな――と、はじめて俊一郎は感じた。すました表情ではなく、もろに感情が表に出たからだろう。

「黒術師の妨害があったとか」

「その忌まわしい術者については、そっちが専門でしょ」

ほんの一瞬、彼女が躊躇《ためら》ったように思えた。

黒術師に関して、何か知ってるのか。

彼は疑念を覚えたが、紗椰が「駄目だった」と口にしてから、ずっと彼女にまといついている感情が、どうもある気がしてならなかった。

怒り……じゃない。それも感じられるけど、もっと別のものだ。怒りに似ていながら、その感情がねじくれているような……。

……屈辱か。

やはり黒術師の妨害があったのではないか。

沙紅螺と雛狐は気づけなかったが、紗椰には難なく分かった。しかし、それを撥《は》ねつける力が、残念ながら彼女にはなかった。紗椰は優れた能力者だったものの、とうてい黒術師には敵《かな》わない。でも、その事実を認めることが、どうしてもできずに、ひたすら屈辱に耐えている。

そんな複雑な心理を俊一郎が思い描いているうちに、紗椰は元の愛想のない状態に戻ってしまった。

「ずばり犯人は、誰だと思う？」

その問いかけに、彼女は鼻で笑いながら、

「今回の事件は、探偵さんも楽でしょ」

「犯人が、丸分かりだから？」

邪魔くさそうに頷く紗椰を気にすることなく、

「具体的な名前を、坊ちゃんと挙げて欲しい」

さらに彼が問いかけると、

「翔太朗」

非常に面倒くさそうに答えた。

最後に呼ばれたのは、今や最重要容疑者となった当の翔太朗だったが、彼と対面して数秒で、俊一郎は苦笑しそうになった。沙紅螺たちから聞いた人物像に、ぴったりと当てはまる第一印象を、本当に本人から受けたからである。

容姿は決して悪くない。坊ちゃん然としてはいるが、それが育ちの良さに見えないこともないからだろう。阿倍留《あべる》の美少年ぶりには勝てないものの、より身近な好青年という雰囲気が彼には感じられた。ただし、口を開かなければ……だったが。

「ふーん、死相学探偵っていうから、どんな死神みたいなやつが来るんだろうと思ってたら、結構まともじゃん」

探偵事務所を開いたころの俊一郎なら、席を蹴《け》って立っていただろうが、今はさらっとかわす余裕がある。

「ホストでもやりながら、客の死期を当てたら、きっと評判になるんじゃないか。そうしたら、それなりに稼げるぞ」

だから莫迦《ばか》話をふられても、普通に無視できた。

「いやいや、やっぱり気味悪がられ、次第に客が離れていって、一気に零落《おちぶ》れて路頭に迷うかな」

どれほど彼を愚弄《ぐろう》する内容であっても、難なく流せた。

「だから探偵になったのか。探偵っていや聞こえはいいけどさ、要は他人の秘密を嗅《か》ぎ回る、情けない商売だろう」

死相学探偵という「職業」についての偏見にも、もう目くじらを立てて怒りまくることはない。

「そんな探偵がさ、この大事件を担当して、大丈夫なの？　やっぱり無理だよね。泣きながら逃げ出す前に、さっさと帰ったほうがよくないか」

相手の酷《ひど》い無理解にも、心を広く持って応対できる。つまり俊一郎は、それほど成長していたのである。

「交通費くらいなら、うちの親に言って出させてやるからさ」

が、どうしても我慢できない莫迦者が目の前に現れた場合、当然そんなことは関係なくなる。

「お前か、犯人は？」

「……なっ」

翔太朗は半ば口を開けたまま、しばらく固まっていたが、

「何を言ってる。そ、そんなわけ、ないだろ」

これまでの余裕しゃくしゃくの態度から一転して、両目をむきながら怒り出した。

「当てずっぽうも、たいがいにしろよ。そもそも証拠が、あ、あるのかよ」

「そこまで動揺するのは、犯人だからだ」

俊一郎の何の根拠もない勝手な決めつけに、相手は目を白黒させながら、

「む、む、無茶苦茶だ。お前なんか、探偵でも何でもない」

「死視するけど、いいか」

いきなり話題が変わったので、翔太朗は戸惑ったらしいが、

「お、おう」

とりあえず頷いたため、俊一郎は相手の死相を視《み》た。

「他の人たちと、同じだな」

その詳細を伝えると、

「あの会長とか副所長とかいうやつも、死視したのか」

「関係者だからな。医務室のドクターと職員たちも、ちゃんと確かめた」

「で、死相が出てるのが、所長と主任、そして年長組だったわけか」

「そうだ」

「だったら俺も、立派に被害者候補じゃないか。犯人のわけあるか」

「そうなると犯人は、いったい誰だ?」

「えっ、それは……」

と言った切り、翔太朗は口を閉じてしまった。

「黒術師から呪術《じゅじゅつ》を与えられて、有頂天になるあまり、誰かに容疑をかけることなんか、少しも思いつかなかった――ってことか」

「な、何を、訳の分からん……」

そう言いかけたところで、はっと彼は思いついたように、

「犯人にも元から何らかの能力がないと、その黒術師のすげえ呪術なんかも使えないだろ。そういう意味では、確かに俺は犯人候補かもな」

「ほうっ、認めるのか」

「けど、だったら紗椰と沙紅螺も、立派な容疑者だぞ」

紗椰は分かるとしても、沙紅螺まで認める発言をしたことが、俊一郎には少し意外だった。

「他には、いないのか」

「いるかよ。他は能無しばかりだ」

「それじゃ、お前と紗椰と沙紅螺の三人を、犯人候補として――」

「ちょっと、待て」

そこで翔太朗は、ようやく気づいたとでもいうように、

「よく考えたら犯人が誰かなんて、それを突き止めるのが、お前の仕事だろが。こっちに訊《き》いて楽しようなんて、ズルするんじゃねぇよ」

再び勢いを取り戻して、大いに怒り出した。

「だいたいだなぁ――」

「終わった」

「はぁ？」

「もう終わったから、戻っていい」

なおも喚《わめ》こうとするのを、曲矢を呼んで黙らせた。この刑事の睨《にら》みに対抗するには、翔太朗は百年ほど早過ぎる。

確かに怪しい。

沙紅螺たちが犯人候補として挙げるのが、非常によく分かる気がする。そう思う一方で、犯人としての物足りなさも、彼は同時に感じていた。黒術師が選んだ歴代の犯人たちに比べると、あまりに情けなさ過ぎるのだ。

犯人に相応《ふさわ》しくない……。

これが莫迦げた推理だという認識は、ちゃんと俊一郎にもある。にもかかわらず彼の経験が、違和感を告げている。

それとも心の闇に付け込めそうだったのが、あの男しかいなかったのか。

犯人が自滅しようが、捕まろうが、黒術師は一向に構わないはずである。なのに狡賢《ずる》い人物を選ぶ傾向にあるのは、少しでも事件を長引かせたいからではないか。そのほうが面白く、愉快だからだ。

でも、他に適任者がいなかったら……。

何はともあれ事件を起こすことが肝心だと、黒術師は判断したのかもしれない。そこで仕方なく、あの男で手を打った。

「で、どうだった？」

そこへ曲矢が入ってきた。

「死視によって死相が視えたのは、所長の海松谷《みるや》、主任の海浮《かいふ》、沙紅螺、雛狐、火印《かいん》、阿倍留、看優《みゆう》、紗椰、翔太朗の九人だ。九孔の穴が成立してると、これで完全に見なすことができる」

と説明したところで俊一郎は、この死視に関してある引っかかりを遅蒔《おそま》きながら覚えたのだが――、

「大丈夫か」

そう曲矢に訊かれて、自分の体調のことだと気づいた。

「ああ、何ともない」

「結構な人数だったが、六蠱の事件のときみたいに、休みなしの連続じゃねぇから、そこまでの負担はないか」

「うん、まぁな。ただ――」

と引っかかった問題を話そうとしたが、曲矢のほうが早かった。

「それで犯人は？　目星はついたのか」

仕方がないので、翔太朗の容疑が濃いと伝えながらも、この応接室で感じた様々な疑

問も説明した。

「あのガキが、犯人として力不足ってのは、よーく分かる」

曲矢は納得してから、そこに付け加えるように、

「ただ、あのガキが犯人に一番なりそうなことも、よーく分かる」

「どうして？」

「他のやつらといても、あいつだけ浮いてるからだ。あの阿倍留ってのも、兄の火印がいなけりゃ独りっぽいが、それでも誰かが気に――」

「ちょっと待て！」

俊一郎は慌てて遮ると、

「まさか今、全員が同じ部屋に集まってないよな」

「いや、みんな、食堂にいるぞ」

その場に曲矢を残したまま、俊一郎は応接室を飛び出した。

できるだけ速く廊下を走る。しかし、曲がる角を間違えてしまう。そんな少しの時間の無駄も、今は許されない気がする。いくら何でも焦り過ぎだと思うものの、不安は一向に消えない。むしろ次第に高まっていく。

ようやく食堂へ辿《たど》り着き、扉を開いて中へ駆け込むと、そこにいた全員がいっせいに彼を見た。

死相が出ている九人に加え、会長の綾津瑠依《あやつるい》と副所長の仁木貝《にきがい》の、計十一人がそこに

いた。あとは黒捜課の捜査員が四人、関係者を見張っており、その中には唯木と城崎の姿もあった。

そういった食堂にいる面々を、俊一郎は一瞬で把握しながら、

「今すぐ、ここから出て下さい！」

大声を出しながら、身ぶり手ぶりで全員を食堂から追い出そうとした。

「こんな風に、一箇所に集まっていたら――」

犯人の思うつぼだと、急いで注意しかけたときである。

「あっ……」

と声をあげて、いきなり沙紅螺が立ち上がった。

まさか。

急いで駆けつけようとした俊一郎の目の前で、

「あぁぁぁっ」

彼女は叫ぶような、あるいは泣くような声音を発して、少しだけ開いた口から、つつっうぅぅぅと糸のごとき細い血を垂らした。

そんな……。

思わず動きが止まった彼のまさに眼前で、ぐらっと沙紅螺の身体が揺らめき、一気に崩れそうになった。

「危ない！」

すぐ側にいた仁木貝が叫んで、慌てて両腕を差し出したお陰で、その場に彼女が倒れることはなかった。が、さすがに彼の顔は強張《こわば》っている。さらに険しい表情になったのは、右腕で彼女を抱えながら、そっと左手で彼が首筋を探ったあとである。

「……亡くなっています」

ぼそっとした仁木貝の低い声が、虚《うつ》ろに食堂内で響いた。

「もちろんドクターには、ちゃんと診てもらいますが……」

その必要はまったくないと、どうやら彼は言いたいらしい。

「そんな……」

俊一郎のつぶやきが、それに続いただけで、他に口を開く者は誰もいない。

……依頼人を救うことが、結局できなかった。

これほど早く、まさか犯人が動くなんて……。

この二つのショックから彼が、呆然《ぼうぜん》と立ちつくしていると、

「とりあえず地下に、彼女を運びましょう」

抑揚のない瑠依の声が、ふいに聞こえた。

研究所の地下には「核シェルター」が造られており、放射線だけでなく外部のあらゆる脅威を排除できると、俊一郎も事前に説明を受けている。おそらくシェルターに入ってしまえば、盗聴や透視も防止できるのだろう。

そこを霊安室の代わりに使おうと、瑠依は言ったわけである。その処置は別に間違っ

ていないが、あまりにも冷たいのではないか……と彼は感じた。

もっと悲しんでも、あるいは怒っても、いいんじゃないか。

それとなく周囲に目をやると、さすがに雛狐と看優の二人は、青褪《ざ》めた顔をしている。しかし悲哀よりもより大きな不安を、その不安よりもさらに大きな恐怖を覚えているかのようである。

次は自分の番かもしれないからか。

無理はないと思いながらも、沙紅螺との仲を考えると、やはり冷た過ぎる気がしてしまう。

他の面々の反応は、かなり読みにくかった。酷《ひど》い衝撃を受けて無表情になっているとも、顔色を表に出さないようにしているとも、どちらにも取れたからだ。

いや、翔太朗は違うか。

彼だけは嗤《わら》いを我慢しているかのように映るのは、決して偏見ではないだろう。沙紅螺が犠牲になって、「ざまぁみろ」という気持ちがあるのか。それとも本当に彼が犯人のため、呪術《じゅじゅつ》が上手《うま》くいって喜んでいるのか。いずれにしろ彼女の死を悲しんでいないのは、おそらく間違いない。

仁木貝の案内によって、捜査員が沙紅螺を地下へ運び出すのを見届けてから、

「どうして全員を、ここに集めた？」

俊一郎は強い口調で、曲矢に詰め寄った。ただし他の者に聞かれないように、前もっ

て食堂の隅に、刑事を連れていっている。

「別に集めたわけじゃねぇ。待機させてた場所が、元々ここだったんだよ」

「なら死視が終わった者から――」

と言ったところで、はたと俊一郎は困った。

全員を帰宅させてしまっては、警護が難しくなる。それに曲矢も、これほど犯行が早く起きるとは、きっと考えていなかったのだろう。実際に俊一郎も、まったく同じ油断をしていた。

「今後の警備をどうするか。全員の死視が終わった時点で、話し合う必要があっただろ。だから元いた食堂に、とりあえず集めといただけだ」

問題点に気づいたらしい俊一郎に、曲矢がそう説明した。

「それは分かるけど……」

と応じながらも、つい批判する口調になる。

「今回の呪術の九孔の穴で、邪視の件は聞いてるだろ」

「口から血を流した……あれか」

この無神経な物言いに、俊一郎は切れかけた。

「黒術師の呪術を止められずに、我々の目の前で、犠牲者が出たんだぞ」

「そんなこと、お前に言われんでも――」

「分かってるんだったら、どうして邪視の危険を、事前に考えなかった？　こんな風に一箇所に集めてしまったら、好きなだけ邪視をやってくれって、わざわざ犯人を唆《そそのか》してるようなもんじゃないか」

「だから、言ってるだろが。今後の警備を話し合う――」

「黒捜課の捜査員が、少な過ぎないか。死相が視《み》えてるのは九人で、会長と副所長を入れると十一人になる。なのに曲矢刑事を加えても、捜査員は五人しかいない」

「あのな」

　すると曲矢が、ドスの利いた声で、

「黒捜課の役目は、黒術師の逮捕にある。いや、正式な裁判なんか無理だから、言わば捕獲だな。どっちにしろ、やつを潰《つぶ》す。そのために黒捜課は、秘密裡《ひみつり》に組織されたわけだ」

「つまり黒術師が、直接ここへ姿を現す可能性は低いから、多くの捜査員は投入することはできない――って言いたいのか」

「おお。物分かりが、珍しくいいじゃねぇか」

　ふざけるな――と俊一郎は叫びそうになって、どきっとした。

　今から一年と二ヵ月ほど前、内藤沙綾香《ないとうさやか》というアイドル顔負けの容姿を持つ女性が、弦矢俊一郎探偵事務所を訪れた。彼女こそ初の依頼人だったのだが、そのせいで彼は入谷家の連続怪死事件に関わる羽目になった。

　奇妙だが取るに足りない現象が立て続けに起きたあと、必ず人死にが出る。という不可解な事件の渦中で、俊一郎は必死に真相を突き止めようとした。だが、それには手掛かりが不足していた。この謎を解くためには、もっとサンプルが必要だった。新たな人死に……という名の標本が。

あのときの彼は、新しい犠牲者が出ることを、間違いなく望んでいた。被害者を手掛かりの一つとしてしか、まったく見ていなかった。

……酷《ひど》かったな。

もっとも入谷家の事件のあと、様々な死相に関わることで、俊一郎は探偵としてだけでなく、何よりも人として成長した。依頼人だけでなく関係者の命まで護《まも》るのが、死相学探偵の役目だと信じるようになった。

そうなる前の、あの当時の自己中心的な恐ろしい考えが、曲矢との会話の中で、ふっと彼の脳裏に蘇《よみがえ》った。

だからこそ曲矢の言葉は許せなかった。かつての自分を見るようで、無性に腹立たしい。黒術師の犠牲者を一人でも出さないようにする。それも黒捜課の立派な務めではないか。

沙紅螺は口から血を流す前に、ちらっと自分に目をやったような……。

そんな気がして俊一郎はならなかった。

今から呪術の犠牲になると悟り、とっさに救いを求めたのか。もう助からないと察して、この仇《かたき》は絶対に討って欲しいと訴えたのか。

いや、それとも……。

こんな恐ろしい事件に巻き込んでしまい、「ごめんね」と言いたかったのかもしれないと、なぜか彼は感じた。これから彼女は命を落とすのに、探偵である彼の心配をしたように思えたのである。

にもかかわらず俊一郎は、まったく何もできなかった。それは黒捜課の捜査員たちも同じである。それなのに曲矢は、あんな酷いことを言う。

ただ、そう憤る一方で、黒捜課という特殊な組織の存在意義が、黒術師の抹殺にあることも、充分なほど理解できていた。それが第一だと言われてしまえば、もう何の反論もできない。

でも、それで本当にいいのか。

新恒警部なら、きっと……。

そう考えたところで、当の新恒の不在を改めて思い知り、俊一郎はぞくっとする寒気を覚えた。

やっぱり可怪《おか》しい。

探偵事務所で曲矢と喋《しゃべ》ってから、ずっと気になっていた「新恒なら、いないぞ」という意味深長な言葉の件が、ここで再燃した。

「新恒警部を呼んでくれ」

「いねぇって、最初に言っただろ」

「犠牲者が出たんだ。黒捜課の責任者として、警部の意見が聞きたい」

「今回の責任者は、俺だ」

曲矢の性格からいって、意固地になるのは納得できる。しかし、それだけではない気が、どうしても俊一郎はしてならなかった。

新恒警部の身に、いったい何があったのか。

どうして曲矢刑事は、それを隠そうとするのか。

俺の考え過ぎだと、いいんだけど……。

黒捜課の捜査員たちが――そして腐れ縁ながらも信頼している曲矢が――側にいるのに、まるでたった独りで黒術師に立ち向かっていくような心細さを、このとき俊一郎は覚えたのである。

黒衣の女 (三)

第一の事件の夜、犯人の部屋を黒衣の女が訪れた。

いかにして沙紅螺《さくら》に邪視を使い、それから彼女がどうなったのか、その死に様がどんな風に見えたか……という話を、犯人は憑《つ》かれたように喋った。

本来なら犯人候補に接触して、黒術師の存在と無償の手助けを伝え、相手が承諾したうえで、呪術《じゅじゅつ》を会得して「犯人」と化したあとは、特に構わないのが、黒衣の女のやり方だった。事件がはじまるまでは、必要に応じて何回も会うが、いったん開始されてしまえば、以降は犯人に任せてしまう。それが普通だった。

だから前回、犯人が第一の犠牲者に九孔の穴を開けただけのときは、いくら会いたいと希望されても断った。しかし今回は、最初の犯行の様子を彼女に聞いてもらい、それに対するアドバイスを求めてきた。

確かに他の呪術と違い、九孔の穴は犠牲者に呪いをかけたあと、一人ずつ恐怖によって穴を開け、かつ邪視を行なわなければならない。そういう意味では、やや手間のかかる呪法である。

それが犯人には、どうやら不安らしい。自分が上手《うま》くやっているかどうか、その判断をして欲しいという。

本来なら相手にしないのだが、今回は例外とせざるを得なかった。なぜならリストラ連続殺人事件の裏には、黒術師にとって脅威となる可能性を持つかもしれない、ダークマター研究所の能力者たちの抹殺という目的も、実は含まれていたからだ。ただし黒術師が、そう言ったわけではない。そんなニュアンスを彼女が敏感に察しただけである。

そのため延々と、犯人の自慢話のような犯行の説明に、黒衣の女は耳を傾ける羽目になったのだが、あることが少し気になった。

「血の量が、ちょっと少ないかもしれません」

とたんに犯人が、滑稽《こっけい》なほど不安がったので、

「でも、個人差がありますから、それで相手が死んでいれば、別に問題はなかったことになります」

そう続けて補足して、とりあえず安堵《あんど》させた。

「ただ念のために、次の犠牲者に九孔の穴を開けるときは、相手に充分な恐怖を与えたほうが良いでしょう」

うんうんと犯人が頷《うなず》いている。

「そして邪視を行なう際には、もう少し強めに力を込める。そこに気をつけて下さると、もう九孔の穴に関して、他に言うことはありません」

このアドバイスに、犯人は大喜びだった。やはり最初の犯行後に会ってもらって正解だったと、満面の笑みを浮かべている。

ただし相手の上機嫌も、黒捜課と死相学探偵について触れるまでだった。

「特に懼《おそ》れる必要はありませんが、一応は注意して下さい」

念のためにそう言うと、本当に大丈夫か……と犯人の表情が翳《かげ》った。

「黒術師様の呪術に、人間ごときが勝てるはずありません」

黒衣の女は自信満々に答えたが、実際は弦矢俊一郎によって、これまで何度も阻止されてきている。だが、その事実はもちろん教えずに、

「それに今は、黒捜課の新恒警部がいないでしょ。あの曲矢刑事では、とても現場の指揮など執れません」

すると犯人は、新恒は確かに厄介だと言い出した。今回の件の前に、警部が何度か研究所を訪れたのも、黒術師対策のために能力者たちの協力を得ることが目的だったに違いない、という自らの意見まで述べた。

「黒術師様も、その問題には気づいておられます」

だからこそ目の前の犯人に白羽の矢を立て、研究所を舞台に連続殺人事件を起こそうと画策したのである。ただ単に邪魔者を始末するのではなく、それに関係者の心の闇を大いに利用するところが、いかにも黒術師らしい。

そこまで黒術師が見通していると知り、いたく犯人は感心している。

「あの警部がいない状況は、あなたに有利です」

新恒の不在も黒術師の企《たくら》みだと考えている、そんな笑みを犯人が浮かべたので、

「あとは独りで、もうできるでしょう」

黒衣の女は最後に確認して、犯人の部屋から立ち去った。

これで私の役目は終わり。

せいせいした気持ちの一方で、一抹の寂しさに似た感情もあることに、彼女は戸惑った。心のどこかに、ぽっかりと穴が開いたような感じである。

それとも、これは後悔だろうか。

とたんに彼女は、何とも言えぬ不安に苛《さいな》まれた。

いいえ、違う。

黒術師様のお役に立っているのだから、そんなはずはない。

あのお方は、絶望の淵《ふち》にいた私を、救って下さったのだ！

そう自分に言い聞かせながら、黒衣の女はおのれの衣装よりも濃い闇の中へ、すうっと消えていった。

十 看優

ダークマター研究所の地下シェルターの一室で、静かに横たわっている沙紅螺《さくら》の顔を見に行ったとき、看優《みゆう》の横には雛狐《ひなこ》と弦矢俊一郎もいた。

地下の寒々とした雰囲気の廊下で、仁木貝《にきがい》と黒捜課の捜査員たちとすれ違ったので、彼女のいる部屋を俊一郎が尋ねたところ、わざわざ副所長が引き返して、三人を案内してくれた。

「看優さんと雛狐さん、それに弦矢さんが会いにいらっしゃいましたよ」

仁木貝が扉を開けながら、そんな声をかけたので、不覚にも看優は泣きそうになった。

彼女の横では、雛狐が本当に涙を流している。

部屋は職員たちの寝室だった。沙紅螺は一番奥のベッドで、全身を白いシーツで覆われて横たわっていた。

仁木貝がシーツをめくり、彼女の顔を出す。少し青白いだけで、いつも通りに綺麗《きれい》である。口の周囲に血の痕《あと》など、まったくない。

俊一郎が両手を合わせて頭《こうべ》を垂れ、黙禱《もくとう》した。看優と雛狐も、それにならう。

「他の方は――」

やがて彼が姿勢を戻して、やや非難するような口調で尋ねた。

「来ないんですか」

「今は、まだショックが大きいのでしょう。いずれ落ち着いてから……」

そう仁木貝は答えたものの、誰かが訪れるとは少しも思っていないのが、何となく分かる様子だった。

それが俊一郎にも伝わったのか、非常に険しい顔をしている。

一階へ戻ってから彼は応接室で、曲矢、会長、副所長の四人と、沙紅螺の死の扱いと今後の対応を話し合っているようだった。

会長は応接室から出てくると、すぐに「事件の目処《めど》がつくまで、この件は伏せておきます」と発表した。詳しい説明はなかったが、政府上層部の判断があったように、彼女は臭わせた。だからなのか俊一郎は、物凄《ものすご》く不機嫌そうだった。

その後、死相が出ているあとの八人は、護衛といっしょに二人一組で、バラバラに帰宅することになった。ただし黒捜課の人員不足の関係で、所長のように独りで帰る者もいた。俊一郎は不服らしいが、特に何も言わなかった。

看優は研究所を出ると、急ぎ足で家路についた。といっても十分ほど歩けば、彼女が賃貸で借りている集合住宅〈フォレスト・パレス〉に着く。名称とは異なり周囲に森林などなく、むしろ街中にある。そのため沙紅螺とは違い、ほとんど行き帰りに時間がかからない。

しかし今は、ちょっと違っていた。いつもより、とにかく足が重い。そのため、だらだらとした足取りになっている。

沙紅螺の口が少し開いて、糸のような血が、つつっうぅぅぅと垂れる。

先程から脳裏には、このシーンが何度も過《よ》ぎっている。他のことを考えようとしても、まったく何も浮かばない。

口から糸のような血が、つつっうぅぅぅ……と。

この忌まわしい映像が繰り返し脳内で再生されるせいか、どうしても歩みが遅くなってしまう。

もう見たくない。

と思うのに、自分の意思ではどうにもできない。

それを必死にふり払おうとして、看優は後ろを向いた。そして話しかけようとしたのだが、やっぱり止めてしまった。

彼女の護衛として、研究所を出てから城崎という捜査官が、ずっと背後にいる。彼を人選したのは、弦矢俊一郎である。

だったら弦矢くん自身が、うちを担当すればええのに。

こんな状況の中でも、彼女はそう思った。彼が雛狐の護衛についたこともあり、よけいに強くそんな風に感じたのかもしれない。

とはいえ俊一郎を除くと、次点は城崎だと考えていたので、それほど不満は覚えていない。曲矢は柄が悪くておまけに怖い。唯木は優秀そうだが、できれば男性に護《まも》って欲しい。残りの二人——大西《おおにし》と小熊《こくま》——は小父《おじ》さんのため論外である。

新恒警部なら、もう大歓迎なんだけど。

という看優の気持ちなど知らずに、急にふり返った彼女に対して、「何だ?」という視線を城崎が送っている。

「あっ、何でもないです」

看優は慌てて応えると、再び前を向いた。

見た目は良かったのに、こんなに無愛想で怖かったなんて……。

別に彼に怒鳴られたわけでも、暴言を吐かれたわけでもないが、とにかく雰囲気が悪い。何かに似ているなと思っていたが、それが曲矢だと気づいてからは、げっそりとしてしまった。

城崎さんも何年かしたら、あの刑事みたいになるんかなぁ。

今なら、まだ間に合う気がした。性格の良い女性に出会って付き合えば、きっと彼も少しは変わるのではないか。

立候補をするつもりは、まったくないけど。

苦笑しそうになって、こんな大事なときに何を考えているのか、と彼女は自らを諌《いさ》めた。しかしお陰で、例のシーンが脳裏から消え去っていた。それだけでも城崎の護衛には、大いに感謝すべきだったかもしれない。

ちなみに俊一郎は全員の送り迎えを、「スモークを窓に貼った車で、絶対に行なうべきだ」と強く主張したが、曲矢に「そんな予算が、いったいどこにある」と、あっさり却下されてしまった。

黒捜課って秘密の部署やから、お金がないんかなぁ。

そんな失礼な想像を、ふと看優がしていたときである。

携帯が鳴った。

誰から？

と思ってバッグから取り出すと、非通知だった。

えっ……。

反射的に迷ったが、恐る恐る電話に出たところ、

「もし……もし……」

かなり間延びした声が聞こえてきた。でも、どこか馴染《なじ》みのある気もする。それなのに相手が誰か、なぜかすぐには分からない、そんな女性の声である。

「もしもし？」

看優がそのまま返すと、

「もし……もし……」

またしても同じ声がする。でも、やっぱり可怪《おか》しい。

「えーっと、誰なん？」

「もし……もし……」

しかし相手は、同じ呼びかけを繰り返すばかりで、一向に答えない。

「せやから、誰なんやって？」

「もし……もし……」

同じ単調な声を聞いているうちに、次第に怖くなってきた彼女は、そのまま黙ってしまった。

「もし……もし……」

それでも呼びかけは続く。

「もし……もし……」

まるで彼女が正しい返答をするまで、決して諦《あきら》めないかのように、同じ声が聞こえてくる。

「もし……もし……」

ようやく看優は電話を切って、後ろをふり返った。

「ちょっとぉ」

だが、城崎の姿が見えない。こんな肝心なときに、いったいどこへ行ったのか。

城崎さーん——と呼ぼうとして、彼女は躊躇《ためら》った。声を出すことで、何かに自分の居場所を教えてしまうことが、あたかも怖いかのように。

……大丈夫やって、新恒警部も言うてたやないの。

そう自分に言い聞かせる。とはいえ城崎の姿が見えないことで、彼女の不安は次第に高まり出した。

捜したほうがええかな。

と考えたが、これでは逆ではないかと少し腹が立った。それに、もう少し歩けばフォレスト・パレスである。彼は部屋も知っているのだから、このまま帰宅しても問題はない。むしろ、そうすべきではないか。

看優が歩道に立ち止まって、どうしようかと迷っていたときである。

手に持ったままだった携帯が、再び鳴った。

びくっとして、思わず取り落としかけて、何とか持ちこたえたが、画面に通知された相手の名前を見て、また落としそうになった。

……沙紅螺。

そこには確かに「沙紅螺」と出ている。

う、嘘や……。

かけてくるはずのない名前が、はっきりと画面に浮かんでいた。

な、何なん、これ……。

完全に固まってしまった彼女の掌《てのひら》の中で、ずっと携帯は鳴り続けている。まったく途切れることなく、応答するまで止まないとばかりに、執拗《しつよう》に響いている。出ろ、出ろ、出ろ——と、着信音が喧《やかま》しく語りかけてくる。

耐え切れなくなった看優は、怖いと感じつつも好奇心も手伝って、電話に出た。

「……もしもし？」
二、三秒の間のあと、
「もし……もし……」

あの声が聞こえてきた。どこか馴染みがあるはずなのに、なぜかすぐには分からない、そんな女性の声が……。

「もし……もし……」

その瞬間、携帯を持つ腕に、ざわわっと鳥肌が立った。

どこか馴染みのある声……。

画面に通知された相手の名前……。

「もし……もし……」

それは沙紅螺の声だった。かけてくるはずのない彼女が、電話をしている。

「もし……もし……」

「だ、誰や！」

ありったけの勇気を振り絞って、看優は誰何《すいか》した。

「わ、た、し」

「ち、ち、違う！」

向こうが名乗っていないのに、即座に彼女は否定した。なぜなら耳元で聞こえている声の主が、沙紅螺であるはずがなかったからだ。

「さ、く、ら」

にもかかわらず相手の声は、確かに沙紅螺のようだった。そうとしか聞こえないお馴染みの響きが、先ほどから耳朶《じだ》を打っている。

「あな、が、あく」

その声が続けた。

「ここのつの、あなの、うち……」

楽しそうに続けた。

「どれか、ひらく」

そこで急に、申し訳なさそうな声音に変わり、

「ううん、くちは、もう、あかない」

まるで詫《わ》びるかのような、そんな口調である。

「くちは、わたしに、あいた、から」

そして再び、楽しそうに、

「あとの、やっつの、うち、どれか……」

その声は喋《しゃべ》った。

「あなたに、あなが、あく」

全身の毛穴が恐怖のあまり、とっくに開いていると知ったら……と思うと、看優は可笑《おか》しくなった。

だが、とっさに笑い出しそうになったことに、彼女はショックを受けた。自分が可怪しくなりかけているのではないか……と、恐ろしくなった。

そのとき肩をつかまれ、彼女は悲鳴をあげた。

「おい」

ふり返ると、城崎が立っている。

「犯人からか？」

彼に小声で訊《き》かれたが、もう電話は切れていた。それを手ぶりで伝えると、あからさまに落胆の表情を見せられたので、

「どこに行ってたんですか」

怒気を含んだ声で尋ねたが、本人はしれっとして何も答えない。

「弦矢くんを、呼びます」

城崎は反対したが、それを無視して電話すると、すぐ行くので帰宅して待っているように言われた。

「えーっ、でも、うちは狭いし……」

（城崎さんといっしょに、そこで待っていてくれ）

「片づけてないし……」

何よりも城崎をあまり部屋に通したくない、という気持ちがある。

（今すぐ彼と、とにかく帰るんだ）

しかし俊一郎は、まったく察してくれない。

「この近くの、喫茶店は？」

（外から見える場所は、絶対に避けたい）

そう言われれば、どんな反論もできなくなってしまう。

仕方なく看優はフォレスト・パレスへ帰ると、城崎を部屋にあげた。何も出さないのも愛想がないと思い、お茶の支度をしかけたのに、「いらない」とぶっきらぼうに断られ、彼女はぷうっとふくれた。

俊一郎は本当に駆けつけてくれた。扉を開けて出迎えたとき、彼の息は非常に荒かった。一生懸命ここまで走ってきた証拠である。それが物凄《ものすご》く嬉《うれ》しくて、看優の機嫌はたちまち直った。

いそいそと部屋に通し、お茶を出して——仕方なく城崎にも——から、彼に促されて何があったのかを話した。

「その声は確かに、沙紅螺さんだった？」

俊一郎の落ち着いた口調は、決して疑っているわけではなく、あくまでも確認したがっているものだった。

「最初は『もしもし』だけやったけど、すぐに聞き覚えがあるって思って……」

「普段から喋ってる、友達なら分かるか」

「でも、彼女がかけてくる、はずないって……」

それまで一言も口を開かなかった城崎が、

「ここで改めて、死視するべきではないですか」

ひたっと看優を見すえながら提案したので、彼女はびくっとした。

「いいですか」

俊一郎に訊かれ、こっくりと頷《うなず》いてから、慌てて彼女は居ずまいを正した。そんなことをする必要はないのに、まるで写真を撮られるような気分である。

そう言うたら昔の人は、写真は魂を吸い取るって、怖がったとか。

いや、そんなら死視のほうが、よっぽど危険やないのかな……。

ふと今さらのように不安を覚えたが、俊一郎の真剣な顔を見ているうちに、たちまち霧散してしまった。

「どうです？」

城崎の問いかけに、俊一郎が答えた。

「全身を覆う紫の薄い膜は、一度目に視《み》たときと同じですが、その色が濃くなっています」

「つまり次に狙われるのは……」

「看優さんの可能性が、かなり高そうです」

心構えはしていたものの、「次に」とか「狙われる」という言葉を耳にして、彼女は怯《おび》えた。

「九孔の穴は、どこに？」

城崎の質問は、本人を前にして無神経だろうと憤っていると、

「俺には分かりません。うちの祖母なら、その指摘ができるでしょうけど――」

と俊一郎は応じたあと、何か言いたそうだったが、

「ところで、城崎さん」

急に大事な問題を思い出した、という口調で、

「彼女に電話がかかってきたとき、どこにいたんですか」

看優も大いに訊きたかった疑問を、ずばり本人に問い質《ただ》してくれた。

「そこまで来た道を、ちょっと戻ってました」

「なぜです？」

「こちらを尾《つ》けてる何者かが、どうもいたようなので……」

この返しには看優だけでなく、俊一郎も驚いたようだったが、

「ど、どんな、やつでした？」

そう訊き返した彼には、その人物の心当たりがあるかのように感じられた。

「いや、容姿は分かりません。ただ……」

「何でしょう？」

「街灯の明かりが届かないところで、ちらっと人影を目にしただけなので……」

「それでも城崎さんは、何らかの印象を受けた。違いますか」

「……ええ」

答えを待つ俊一郎に、なおも城崎は躊躇《ためら》いながら、

「最初は黒衣の女ではないか……と思いました。しかし、それにしても小柄過ぎる気がして……。今になって考えると、あれは子供だったのかもしれない……」

「何歳くらいの？」

「……そうですね、中学生かな」

そこで俊一郎が黙り込んでしまったので、

「あれが何者だったか、まさか知ってるんですか」

今度は城崎が尋ねた。言葉遣いこそ丁寧だったが、その眼光はまさに射るような鋭さ

である。

「いえ、そういうわけでは……。でも今日、曲矢主任と唯木さんの三人で事務所をあとにしたとき、似たような人影を見たものですから……」

このあと城崎が黙ってしまい、室内には何とも重苦しい空気が流れた。

その人影って、黒術師の手先なんですか。

看優は二人に質問したかったが、それが許される雰囲気ではない。

互いに人影の正体は知らないのに、どちらも何かを察しているような感じがする。ただし、二人の頭の中にある何かとは、それぞれで異なるものである。

ここまでの二人のやり取りを見ていると、そんな風に思えてくる。だからといって腹を割って話し合うかというと、まずしそうにない。それは俊一郎の相手が城崎ではなく、他の捜査員だったとしても、間違いなく同じだっただろう。

……この空気、いたたまれんなぁ。

自分の部屋にいるのに、看優は出ていきたくなった。

「今日のところは、もう大丈夫だろ」

だから俊一郎に声をかけられ、ほっとした。

「問題は、明日《あした》だけど――」

と言ってから彼は、城崎に視線を向けて、

「関係者を研究所に集めることなく、やっぱりバラバラにしたうえで、個別に警護するほうが、この場合は良くないですか」

「犯人が邪視を、いつ使うか分からない以上、一箇所に固まらないほうが、確かに有効かもしれません。ただ残念ながら、全員を警護するだけの人員を、こちらでは用意できない。また何かあった場合、バラバラになっていては、とっさの対処ができないのも問題でしょう」

「曲矢主任と打ち合わせしたとき、同じことを言われました。でも、まず邪視の危険を排除することを、最優先すべきではないですか」

「難しいところです」

そう応《こた》えたまま黙ってしまった城崎に、俊一郎は探りを入れるような様子で、

「そもそも本件に、最初に関わった新恒警部は、いったいどういうお考えなんでしょう?」

「主任が口にされた警護態勢は、新恒警部の案です」

この返答に俊一郎は、かなり驚いたようである。

「し、しかし、どうやって護るのですか」

「研究所に集めるといっても、あそこは広く、かつ多くの部屋があります。関係者を別々にしておくことは、そう難しくありません。それに万一のとき、地下シェルターに籠《こも》れば、外界を遮断した状態で、十数人が一ヵ月は暮らせると聞いている。下手にバラバラになるよりも安全だ、というのが警部のお考えでした」

「今は、どちらに?」

さり気なさを装いつつも、俊一郎がかなり緊張して問いを発したことを、看優は敏感に察した。

「下っ端の私に、上の方の予定は分かりません」

「こちらに見えることは？」

「さぁ、どうでしょう」

それでも俊一郎が、じっと城崎を見つめていると、

「あくまでも、これは噂ですが――」

と断ってから、彼が打ち明けるように、

「警察の上層部しか知らない極秘捜査に、新恒警部は就いておられるとか」

「黒術師関係の？」

「極秘ですから、それは分かりません」

その応答に対して、俊一郎が疑いを抱いているらしいのが、何となく看優にも分かった。ただ彼も、城崎から聞き出すことは無理だと判断したのか、いきなり彼女に顔を向けると、

「明日の朝は、ここへ迎えにくるから」

看優が満面に笑みを浮かべるような、そんな台詞《せりふ》を口にした。

「その任は、私の――」

「城崎さんの邪魔は、もちろんしません」

きっぱりと俊一郎は約束したあと、

「俺は死相学探偵なのに、その兆候のあった依頼人を死なせてしまった。だから沙紅螺さんの友達である彼女は、絶対に護《まも》ります」

そう続けたので、思わず看優は泣きそうになった。

「うん、まぁ、その気持ちは分かるけど……」

しかし城崎は、どうやら納得していないようである。とはいえ俊一郎の決意が固いと踏んだのか、渋々ながら翌朝の同行を認めた。

いっそのこと護衛役を、弦矢さんと替わったら……。

そう口にしそうになって、彼女は慌てて呑《の》み込んだ。よけいな一言によって、二人の間に波風が立つと、遅蒔《おそま》きながら気づいたからだ。

看優の部屋を出て、廊下を去っていく俊一郎の後ろ姿を眺めながら、思わず彼女は声をかけそうになった。

そんなに落ち込まなくても、大丈夫やから……。

沙紅螺ちゃんは絶対、探偵さんに感謝してるから……。

十一　第二の事件

翌朝、弦矢俊一郎がフォレスト・パレスに着いたとき、看優《みゆう》の部屋が見える廊下には、すでに城崎が待機していた。

互いに挨拶《あいさつ》をしてからインターホンを押すと、まるで玄関で待っていたように、すぐさま彼女が元気に出てきた。

「昨夜、何か変わったことは？」

念のために尋ねたが、看優は屈託なく「ありません」と答えただけで、俊一郎を誘って歩きはじめた。

後ろを見やると、城崎が距離を開けて尾《つ》いてくる。

「もっと目立たないように、俺も――」

と言いかけたが、たちまち彼女に腕を組まれてしまった。

「おい、ちょっと――」

「だって弦矢さんは、犯人の邪視から、うちを護ってくれるんでしょ。せやったら近くにおって、いっしょに歩きながら、うちと行動を共にしたほうが、犯人を見つけやすいと思います」

「一理あるけど、もっと全体を把握する――」

「そっちは城崎さんが、ちゃんとやってくれはります」

再び後ろを向くと、確かに彼は周囲に目を配りつつ歩いている。

「ほら」

得意そうに喜ぶ看優を眺めながら、

……自分のおかれている立場を、本当に彼女は理解してるのか。

俊一郎は大いなる不安を覚えた。それとも空元気なのか。もしくは死相学探偵や黒捜課に対する、これは信頼の表れなのだろうか。

ダークマター研究所までは、街中の歩道を歩きながら、他愛のない会話をした。周囲の通行人に――その多くは通勤者のようだったが――目を光らせながらの会話なので、どちらかというと看優が話して、彼が相槌《あいづち》を打つ格好になった。

容疑者が限られてるから、まだ助かるけど。

相手の話に一応は耳を傾けつつも、周りに注意深く目をやりながら、俊一郎は心底そう思った。

すれ違う者、同じ方向に進む者、立ち止まっている者たちの中に、研究所の関係者が潜んでいないか、そこに注視するだけですむのは、かなり有り難い。それに容疑者は同時に被害者候補でもあるため、ほとんど護衛がついている。つまり犯人は、その護衛の目を盗んで邪視を行なわなければならない。

二度目の犯行は、沙紅螺《さくら》のようにいかないぞ。

ほんの少しだけ余裕を覚えた彼は、できれば事件について看優と話し合いたいと思った。だが、どうやら彼女は、その話を避けているらしい。ちらっとでも触れると、たちまち別の話題を持ち出してくる。

やっぱり怖いから？

もちろん正常な反応なのだが、それにしては友達同士で登校しているような、そんな雰囲気が感じられてならない。異様に怯《おび》えられるよりは、もちろん良いのだが、もう少し危機感を持って欲しいものである。

俊一郎が複雑な思いを抱いているうちに、研究所の門柱が見えてきた。ここを入ると緑が一気に増える。前庭とも言える空間が、そこに広がりはじめる。敷地内の緑化が、かなり意図的に行なわれている証拠だろう。

その眺めは好ましいのだが、それだけ犯人が身を潜められる場所が多くなることも事実なので、非常に厄介だった。

しかも、門の中には会長の綾津瑠依《あやつるい》が立っていた。いや、別に彼女がいても一向に構わないのだが、朝から見たいと思う顔ではない。

今朝も信じられないほどの厚化粧に、罅《ひび》が入るのではないかと心配するくらい満面の笑みを浮かべながら、

「俊ちゃん、おはよう」

ぞぞっと背筋に虫唾《むしず》が走る、何とも甘ったるい声音を出している。

うわっ、勘弁してくれ。

と俊一郎は思いつつも、ごにょごにょと口の中で一応の挨拶をすると、

「はっきりと、元気良く！」

「……お、おはようございます」

まるで祖母に小言を食らったような、そんな展開になった。

「会長、おはようございます」

「はい、おはようさん。看優ちゃんは、はきはきしていてよろしい」

できるだけ早く、この場を離れようと彼は思いつつも、

「ここからは俺の陰に、隠れるようにして」

そう看優に注意することは、決して忘れなかった。

とはいえ、どの方向に気をつけるべきか、この状況では誰にも分からない。身を隠すべきは彼の右側か左側か、はたまた背後なのか。もしくは前に回るべきなのか。どうにも判断のしようがない。

にもかかわらず看優は、俊一郎が身を挺《てい》する仕草をすると、「はい」と嬉《うれ》しそうに返事をして、ぴたっと彼の背中に寄り添った。それでは左右が留守になってしまうが、致し方ない。どんな隠れ方をしようと、完全に身を護ることは不可能である。

それにしても……。

素直なのは歓迎したいが、どうも緊張感が足らない。研究所に着いたら、これは説教をする必要がある。

彼女を後ろに背負う格好となり、あまりの歩きにくさに困りつつも、「左右の警戒をお願いします」と城崎に声をかける。だが、すでに右斜め後ろには、ちょこまかとした足取りで瑠依がついて来ていた。そのため城崎は、自然と左斜め後ろを受け持つ格好になった。

これで一応、三方を囲めたわけか。

だからといって安心はできないぞ――と俊一郎が、警戒を新たにしようとしたときである。

「ああっ……」

短くて低い声が背後から聞こえた直後、ぴったりと寄り添っていた身体が急に離れた感覚があった。慌ててふり返ると、目の前で彼女が棒立ちになっていた。

まさか！

彼は周囲を見回したあと、両手を広げて看優の前に立ちはだかった。しかし、どこを向くべきなのか、まったく見当もつかない。仕方なく闇雲に、彼女の周囲を巡り出したのだが――。

「あああぁぁっ……」

看優は低いながらも長い悲鳴をあげると、左目から血の涙を流した。

いや、それは涙のようにわずかな滴などではなく、どくどくと止まらずに垂れ続ける真っ赤な血潮だった。たちまち眼球が見えなくなるほど、すぐさま眼窩《がんか》は血であふれ返った。そこは大量の血を流すための、ただの穴と化していた。

「すまない……」

もはや周りではなく、彼女だけを見つめる俊一郎に、

「……ありがとう」

右目から本物の涙を流して、微《かす》かに看優は感謝の言葉を口にすると、その場に倒れかけたのを、間一髪で彼が抱き留めた。

「くそっ！」

俊一郎は短く叫び、彼女を両腕で抱え上げると、研究所の玄関を目指して必死に駆けた。後ろから同じように走る城崎の気配があり、さらに背後からは奇声をあげながら瑠依もついて来たが、もちろん構っている暇はない。

「こっちへ」

そこへ副所長の仁木貝《にきがい》が玄関から飛び出してきて、彼を医務室まで案内した。その間に変事を知って駆けつけたらしい曲矢も現れたが、医師は看優をベッドに寝かせたあと仁木貝だけを残して、俊一郎と城崎と曲矢を追い出してしまった。

ようやく瑠依が姿を見せたのは、そのときである。

「看優ちゃんは？」

「ドクターが診てます」

曲矢も城崎も答えないので、俊一郎は応じてから、

「沙紅螺さんについで、看優さんも……。俺のせいです。すみません」

瑠依に対して頭《こうべ》を下げると、

「あなたは沙紅螺ちゃんから、この事件の依頼を受けた」

これまでのふざけた物言いからは考えられないほどの、しっかりとした口調で、

「よって死相学探偵として、当然その責任がある」

「……はい」

「けど俊ちゃんが闘ってる相手は、とんでもない存在なわけ。だから黒捜課という組織もある。また非常に優れた能力者である、あなたのお祖母様《ばあ》も協力をなさってる。決して俊ちゃん独りが、すべての責めを負う必要はない」

「でも……」

「起こってしまった出来事を悔やむだけでなく、ちゃんとふり返ったうえで、その分析をして今後に役立てる。そうしないと彼女たちも、きっと浮かばれないわよ」

と言われたとたん、まざまざと俊一郎の脳裏に、二人の姿が浮かんだ。

口から血を垂らす前に、ちらっと彼に目をやったような沙紅螺。

右目から真の涙を流したあと、「ありがとう」と口にした看優。

それぞれの瞬間、彼女たちは自分の死を悟りながらも、俊一郎を気遣ったかのごとく見えた。

彼女たちも浮かばれない……。

彼が愕然《がくぜん》としているうちに、瑠依が医務室へ入っていった。

「おい、起きてんのか」

曲矢に声をかけられ、はっと彼が身じろぐと、

「相変わらず婆さんには、お前もてるな」

憎まれ口をたたかれたが、完全に無視をして、

「他の人たちは？」

「お前たちが来る前に、みんな研究所には着いてたぞ」

曲矢もそれ以上は揶揄《やゆ》することなく、普通に答えた。

「つまり誰にでも、邪視はできたってことか」

「そうなるな」

「けど、昨日の打ち合わせで、それぞれの担当を決めただろ」

「ああ、お前は雛狐《ひなこ》、城崎は看優、俺は火印《かいん》と阿倍留《あべる》、唯木は翔太朗《しょうたろう》、大西は紗椰《さや》、小熊は主任の海浮《かいふ》だ」

「人員不足もあって、所長の海松谷《みるや》は警護を辞退した」

俊一郎は皮肉っぽく言ったが、曲矢は気にした様子もなく、

「そして会長と副所長は、まったく死相が出ていないので、とりあえず警護はなしとしたわけだ」

「だから各担当から、研究所に着いたあとの、全員の行動を訊《き》き出せば――」

「アリバイの有無は、まぁ分かるかもしれん」

と応《こた》えつつも、それほど簡単ではないことを、曲矢は察しているかのようなので、たちまち俊一郎は不安になった。

「どういう――」

ことだと問い質《ただ》そうとしたところへ、医務室から仁木貝が出てきた。

「どうです？」

すかさず俊一郎は尋ねたが、相手は力なく首をふった。

「やっぱり、駄目ですか」

「……残念です。申し訳ない」

耐えられずといった様子で、仁木貝が頭を下げた。

「そんな……」

謝る必要があるとすれば、それは俊一郎と黒捜課である。しかしながら曲矢も城崎も、物凄《ものすご》くショックを受けた風には見えない。あえて表に出さないように我慢している面はあるだろうが、それでも冷たく映ることが、何とも腹立たしい。

仁木貝の指示で、看優も地下シェルターの職員用の寝室へ運ばれた。彼女を担いだのは曲矢と城崎で、同行したのは仁木貝と俊一郎と雛狐だった。

前日に沙紅螺が寝かされていた一番奥のベッドの手前に、看優は横たえられた。仁木貝によると「沙紅螺さんのご遺体は、シェルター内の冷蔵室に移してあります」という。いずれ看優も移動させるらしい。やはり事件の目処《めど》がつくまで、二人の死は伏せられることになった。

もっとも彼女たちに、本人が亡くなったという連絡を受けてくれる家族が、まだいるのかどうか……。

俊一郎は寂寞《せきばく》の念に駆られると共に、昨日の夕方、看優はここで沙紅螺に対して両手を合わせていた。その翌日の朝に、まさか自分が同じ目に遭うとは……。

と無常観も覚えて、何ともいたたまれない気分になった。

だが、すぐさま彼は、昨日のうちに犯人から無気味な電話がかかって、九孔の穴を開けられたに違いないと、彼女も承知していたことを思い出した。

つまり、それなりに覚悟があった……。

だからこそ、あんな態度を取ったのだとしたら……。

俊一郎の看優に対する黙禱《もくとう》は、やんわりと仁木貝に促されるまで続いた。

それから彼は曲矢と共に、捜査員たちに事情聴取をして、今朝の関係者の動きを追った。しかし判明したのは左記のように、とても満足できない内容だった。

看優　俊一郎と城崎に護衛され、八時五十五分ごろに研究所へ着く。その直後に犯人の邪視により、九孔の穴の二人目の犠牲者となる。

海松谷　独りで研究所へ出勤して、八時半ごろ着く。その後は所長室にいたが、アリバイはない。

海浮　小熊に護衛され、八時三十三分ごろ研究所へ着く。その後は主任室にいて、廊下に面した扉の外に小熊が待機する。ただし外へ直接出られる扉が別にあるため、アリバイは完全ではない。

雛狐　俊一郎の護衛がないまま、独りで研究所へ向かい、八時四十五分ごろ着く。そのまま図書室に向かい、読書をしているとき、表の騒ぎに気づく。アリバイはない。

火印と阿倍留　曲矢に護衛され、八時四十八分ごろ研究所へ着く。昨日から阿倍留の体調が優れず（第三者の曲矢の存在が原因らしい）、しばらく二人にして欲しいと火印に言われ、研究所の調査室の一つに入れる。それから曲矢は看優たち三人を出迎えるために、玄関へ向かう。二人のアリバイはない。

翔太朗　唯木に護衛され、八時五十分ごろ研究所へ着く。すぐさま一階のトイレに入ったため、唯木が扉の前で待機する。ただしトイレの窓から庭が見渡せるので、アリバイはない。

紗椰　大西に護衛され、八時五十分ごろ研究所へ着く。翔太朗よりは一足早い。食堂で珈琲《コーヒー》を飲みかけたが、化粧を直すと言って一階のトイレに立ったため、大西が扉の前で待機する。ただしトイレの窓から庭が見渡せるので、アリバイはない。


要は全員に、アリバイがないのだ。

「もっと各個人に、ちゃんと張りついてる必要が、あったんじゃないか」

思わず俊一郎が、曲矢に噛《か》みついた。

「トイレの中までは無理だし、海浮や火印のように、独りまたは二人にしてくれって要求されたら、こっちも拒否はできん」

「でも、全員が被害者候補であり、かつ容疑者なんだぞ」

「そんなこたぁ、お前に言われんでも分かってる」

「だったら――」

「おいおい、言い合いをしてる場合じゃ、ねぇだろ」

珍しく曲矢が建設的な意見を吐いたので、俊一郎は面喰《めんくら》った。

「看優は研究所に来るのが、いつも一番遅かったらしい。つまり被害者よりも前に、犯人が研究所に出ていても、別に不審がられなかったってことだ」

「そこまで犯人は、間違いなく計算していると思う」

とはいえ俊一郎も、事件について検討をするのは吝《やぶさ》かではないため、

「ただ、普段と同じ行動を取ったのが、海松谷と海浮の二人だけで、あとの五人は違っ

ているのが、何とも厄介だ」

すぐさま一番の問題点を指摘した。

「たいてい朝は、ほぼ全員が食堂で珈琲を飲むという。しかし、できるだけ他のメンバーと顔を合わせないように――と昨日、こっちが頼んだことから、各々が別々の行動を取ったわけだ」

「紗椰だけが、それに従わなかったのは、彼女の性格ゆえか」

「ありゃ確かに美人だが、性格はきつそうだからな」

「曲矢刑事の、タイプじゃないのか」

「俺はな、あんなすらっとしたんじゃなくて、もっとぽちゃっとした……」

「亜弓ちゃんのように？」

「そうそう――って、て、てめぇ、な、何を言ってやがる！　あ、あ、亜弓は、い、妹じゃねぇか！」

「何だ、シスコンだったのか」

曲矢がシスターコンプレックスではないか、という疑いは前からあったため、つい俊一郎も流れで口にしたのだが、

「戯言《たわごと》はおいといて、事件に話を戻すぞ」

再び意外にも、曲矢は脱線しなかった。いつもなら俊一郎に対する罵詈《ばり》雑言《ぞうごん》が、しばらく続くはずなのに。

「海松谷と海浮の二人は、確かに普段と同じ行動だったが、だからといって容疑が薄まったわけじゃねぇ」

「独りになれるという意味では、いつも通りにしたほうが良いからな」

　この曲矢の真面目さに、またしてもある種の疑念を抱きながら、とりあえず俊一郎は話を合わせた。

「となるとだ、どいつもこいつも怪しいってわけか」

「相変わらず翔太朗が、最有力容疑者だとは思うけど――」

「そうかぁ、あれが？」

　あまり納得がいかなそうな曲矢の反応に、

「誰が犯人だと思うか――という質問に、大人気だったのが彼だ。あそこまで疑う者が多いと、さすがに無視はできない」

「お前らしくないいな」

「何が？」

「探偵なんて輩《やから》は、だいたい捻《ひね》くれてる。だから最も疑われてる者は犯人じゃねぇとか、平気でほざくだろ」

「逆のことが、あなたに言える」

　怪訝《けげん》そうな顔の曲矢に、

「そこまで疑う者が多いんなら、そいつが犯人に違《ちげ》えねぇだろ――くらい、いつもなら言うじゃないか」

俊一郎が声を荒らげることなく淡々と指摘すると、

「そんなわけねぇだろ」

即座に否定はしたが、そこに彼らしい怒りが感じられない。いつもなら「そんなに単純なわけあるか」と腹を立てるのに。

「曲矢刑事」

俊一郎が改まって呼んだせいか、

「何だ？」

相手は警戒しているような声を出した。

「本当のことを、そろそろ教えてくれ」

「何のことだ？」

「もちろん、新恒警部の件だよ」

「あのな、何度も言ってる――」

「黒術師が関係してるのか」

いきなり核心を突くこの作戦は、どうやら功を奏したらしい。一瞬だったが、確かに曲矢の顔色が変わった。

「ひょっとして新恒警部は、黒術師の手のうちに――」

「お前は、いったい何を――」

「隠さないでくれ」

「大丈夫だ」

俊一郎の懼《おそ》れを、すぱっと曲矢が断ち切った。

「お前は死相学探偵として、この事件に取り組む。とにかく専念しろ」

「しかし──」

「新恒警部も、それを望んでる」

どういう意味だ？

警部は無事なのか。

だが、いくら俊一郎が言葉を費やしても、もう曲矢はこの件に関して、一言も口にしなくなってしまった。

十二　雛　狐

沙紅螺《さくら》さん、看優《みゆう》ちゃん、そして私……。

ダークマター研究所の地下シェルターに設けられた職員用の寝室で、いったん看優に別れを告げて一階へ戻ったところで、雛狐《ひなこ》は「とても不安で……」と俊一郎に打ち明けた。

「次は自分だと、そう思ってる？」

こっくりと頷《うなず》くと、なぜかと訊《き》かれたので、

「看優ちゃんが、そんな風に考えてました」

そう答えたところ、彼女から同じ意見を聞いたと、彼が教えてくれた。

「あの順番に信憑性《しんぴょうせい》があると、あなたは感じてるわけだ」

「沙紅螺さんも、あれには賛同してましたから」

「そうか」

俊一郎は険しい顔をしたあと、雛狐を図書室まで送ってから、

「俺が戻ってくるまで、ここにいて欲しい。絶対にないと思うけど、もしも所長、主任、火印《かいん》、阿倍留《あべる》、翔太朗《しょうたろう》、紗椰《さや》の誰かが入ってきたら、すぐ逃げるように」

そんな忠告をした。念のため会長と副所長にも油断をせぬように、医師と他の職員は問題ないが、それでも注意が必要だと言われた。

雛狐《ひなこ》は書架からルーシー・モード・モンゴメリ『赤毛のアン』を取り出すと、窓際の椅子に座って読みはじめた。子供のころに親しんだジュブナイル版を含めると、どれほど再読したか分からない。

こんな状況のときに、果たして読めるかと心配したが、やはり愛読書の力は偉大だった。最初の数頁こそ集中するのが難しかったが、そのうち作品の世界に、どっぷりとは

まってしまった。

「雛狐さん？」

俊一郎に呼ばれるまで、読書に没頭していた。ひょっとすると彼には、何度も声をかけられたのかもしれない。でも恥ずかしくて、とても確かめられない。

「会長と副所長、所長と主任、そこに曲矢刑事と俺を加えて、今後どうするかを検討した結果――」

しかし彼は、まったく気にした様子もなく、いきなり話し出した。

「みなさんは普段通りにする、ということに決まった。いつもと同じように、調査と研究に取り組む。そうすると各人が、ほぼ個室に入る格好になる。それなら警護もしやすい」

「他の人と顔を合わせる危険も、ほぼありませんね」

「うん。ただ仕事をするかどうかは、それぞれの判断に任せられた。あなたの場合、一日ここで本を読んでいても、別に構わない。要は研究所内での居所さえはっきりさせておけば、あとの行動は自由ってわけだ」

雛狐は少し考えてから、

「でしたら私、ずっと図書室にいます」

「分かった。護衛には、俺がつく」

俊一郎は携帯を取り出し、彼女が図書室で過ごす旨を、さっそく曲矢に伝えた。その電話で、他のメンバーはどこで何をするのか、警護は誰の担当か、という情報を彼も得たようである。

「俺のことは気にせずに、読書の続きをしてくれ」

電話を終えたあと、そう言いながら俊一郎が書架へ向かったので、

「……お、お話をしませんか」

思い切って彼女は、そう提案した。

「何の？」

「看優ちゃんが、その……」

最後まで言えなかったが、彼は察したようである。

「なるほど。どんな目に遭ったのか、そりゃ知りたいよな」

「いえ、本当は聞きたくないんですけど……」

「かといって何も分からないのも、やっぱり怖い……ってことか」

雛狐は無言で頷いた。

「昨日の研究所からの帰り、看優の携帯に電話があった。非通知だったけど出ると、相手は『もしもし』としか言わない。女性の声で、聞き覚えがあるはずなのに、誰なのか見当もつかない。しばらく話しかけていたが、恐ろしくなって電話を切った。すると、またかかってきた。でも今度は、沙紅螺の名前が表示されてる」

「嘘……」

反射的につぶやいたが、彼は気にした風もなく、『もしも
「電話に出ると、確かに沙紅螺らしい声が聞こえてくる。最初は同じように、『もしも
し』しか言わなかったが、やがて九孔の穴のことを――」

そこで急に、俊一郎が口籠《ごも》った。

「何ですか。大丈夫ですから、教えて下さい」

「あなたの身体にも、穴が開くと……」

心構えはしていたものの、やっぱり聞くんじゃなかった――と雛狐は後悔した。だが
彼女は、そこから反撃するかのような口調で、

「どこから電話があったのか、それを調べることは、可能ではないですか」

「黒捜課が問い合わせをしてるけど、使い捨てのプリペイド携帯だと、なかなか厄介らしい」

「あっ、そうですよね」

それくらいの用心は、きっと犯人もしているだろう。

「でも、沙紅螺さんの声と、名前の表示があったのは……」

「実は今朝、食堂で珈琲《コーヒー》を飲んでいた紗椰が、沙紅螺の携帯を見つけてる」

「どういうことですか」

「沙紅螺の件があったとき、おそらく彼女の携帯が、そのまま食堂に忘れられたのだと思う。それを犯人は盗んだ。そして看優に、最初はプリペイド携帯から非通知でかけ、

ついで沙紅螺の携帯から電話をかけたので、彼女の名前が表示された」

「沙紅螺さんの声だったのは？」

「ボイスチェンジャーを使ったんだと思う。ただ、それで彼女とそっくりの声を作り出すのは、さすがに無理かもしれない。ここからは想像になるけど、本当は彼女に似た声を用意しただけだったのに、看優が沙紅螺だと思い込んでしまったか。または普段から沙紅螺の声を集めていた犯人が、それを編集して使用したか」

「えっ……気持ち悪い」

「後者だとしたら、パソコンオタクの翔太朗の容疑が、さらに濃くなる」

「そ、そうですか」

雛狐は自信なげに応《こた》えてから、はっと気づいたかのように、

「わ、私は……」

と口にした。でも、それ以上は続けることができなかった。具体的に言ってしまうのが、たまらなく恐ろしかったからである。

しかし俊一郎は、即座に応じた。

「どんな目に遭うのか、それが心配なのか」

「……はい」

彼は悩ましそうな表情を浮かべながら、

「怖がらないのが、何よりの対処法だけど、こればかりは無理だからな。それに恐怖を

覚えてはいけないと意識することで、よけいに怖がってしまうかもしれない」

「そんな気が、私もします」

素直に応じる彼女を、じっと俊一郎が見つめている。それが異様に長いので、顔が赤くなりかけたとき、

「被害者の予想順位は、翔太朗犯人説に基づくものだった。でも、実は別の理由があったとしたら……」

独り言のように、ぼそっと彼がつぶやいた。

「どういう理由ですか」

「恐怖を覚えやすいかどうか」

この着眼点に、雛狐は感心した。

「沙紅螺は気が強そうに見えたけど、結構な怖がりだった。看優も明るくて元気だったものの、やはり同じだった」

「私も怖いのは、駄目です」

わざわざ断るまでもなかったが、とりあえず申告しておく。だが彼は、すでに夢中になって喋《しゃべ》りはじめていた。

「九孔の穴は、相手に対して負の感情を持っていさえすれば、その人物を簡単に犠牲者に選べる――要は九人をそろえるのに、あまり苦労しない――点や、いったん呪術《じゅじゅつ》がはじまっても途中で中止できる点など、犯人にとって有利なルールが多い。でも、果たし

てそうだろうか。選んだ犠牲者を葬るためには、相手に恐怖を感じさせなければならない。この行為は、かなり難しくないか。同じ方法が、誰にでも通じるとは限らない。あっ、だからか。沙紅螺と看優で、犯人がやり方を変えたのは……」

ほとんど自分自身に話しているような様子に、雛狐は面喰《めんくら》った。

「九人の中で、もっとも怖がりやすそうなのは——と考えたところ、沙紅螺と看優と雛狐が浮かんだ。それで彼女たちが、順々に狙われたとしたら……」

その三人目に当たる本人の目の前で、この推理を進めていることを、俊一郎は失念しているのではないか、と彼女が心配していると、

「あっ、申し訳ない」

ようやく我に返ったのか、彼が頭《こうべ》を下げた。

「いいえ。それで、私の場合は……」

「うーん、ちょっと分からない」

再び頭を下げたので、それはそうだろうな——と思いながらも、雛狐は正直がっかりした。

「もし予測ができたら、心構えができるのにな」

すまなそうな俊一郎の口調に、慌てて彼女は首をふった。

「とても無理な、お願いでした」

それから二人の話題は、雛狐の誘導のせいもあって、読書へと移っていった。このま

ま放っておけば、いつまでも事件の話が続くに違いない。そう悟った彼女は、少しずつ主導権を取るようにした。

口下手の私でも、本のことなら……。

どうにか喋れると考えたからだが、相手にも当てはまると分かって、意外に感じると共に嬉《うれ》しくなった。

俊一郎は怪奇小説が好きだった。それも現代のホラー小説より、かなり昔の「怪奇と幻想の物語」が好みだという。彼の口から出たのは、シェリダン・レ・ファニュ、ヘンリー・ジェイムズ、M・R・ジェイムズ、イーディス・ウォートン、E・F・ベンスン、アルジャーノン・ブラックウッド、W・H・ホジスン、H・R・ウェイクフィールドといった作家たちだったが、看優が既読なのはヘンリー・ジェイムズ『ねじの回転』だけである。

にもかかわらず彼は、かなり喜んだ。本書の内容のみならず、それを映像化した映画「回転」（一九六一／イギリス）と「ホワイト・ナイトメア」（一九九二／イギリス・フランス）、テレビ作品「回転」（二〇〇九／イギリス）、さらに映画だけの続編「妖精《ようせい》たちの森」（一九七一／イギリス）にまで話題を広げた。

お陰で一日、ほぼ俊一郎といっしょにいた。昼食は時間をずらして食堂で摂《と》るか、店が重ならないように外食するかだったが、彼は前者を選んだ。それが少しだけ雛狐には残念に思えたものの、すぐにふるふると首をふった。

この状況を看優ちゃんが知ったら、きっとうらやましがるだろうなぁ。

そう思ったとたん、彼女と代わってあげたいという想いがあふれ出て、何とも言えぬほど胸が苦しくなったからだ。

午後からも二人は、ずっと図書室で過ごした。俊一郎に対する印象——事件に関すること以外はほとんど喋らず、仮に口を開いてもぶっきらぼうである——は、とっくに消えている。

こんな探偵さんの一面を、看優ちゃんは気づいてたのかな。

つい想像してしまい、再び雛狐は首をふった。今は看優のことを想うよりも、自分自身について考えなければならない。

俊一郎の携帯に電話が入って、とっくに退所時間が過ぎている事実に、ようやく彼女も気づいた。相手は曲矢らしく、どうやら「図書室に籠って何をしてる」的な発言があったようで、彼が怒りながら反論している。

「この、エロ刑事が」

電話を切る前の捨て台詞《ぜりふ》に、雛狐は顔に火照りを覚えたが、

「すぐに帰ろう」

俊一郎のやや切迫した口調を耳にして、すうっとその熱が冷めた。

研究所の外へ出ると、辺りは夕焼けに染まっており、まるで見知らぬ世界のようである。これまで何度も目にした風景のはずなのに、周囲の赤茶けた眺めは、なぜか異界の

ごとく感じられてならない。

玄関から門へと歩きながら、ふと彼女は思った。

あの前方の植え込みの陰から、ぬうっと真っ黒な顔が覗《のぞ》いて……。

異様に大きくて赤い片目が、じいぃっとこっちを睨《にら》みつけて……。

そんな光景が頭の中に浮かんだだけで、もう二の腕に鳥肌が立っている。おのれの空想に自分で怖がってどうするのか、と呆《あき》れたものの、この勝手な妄想はどんどん膨らむばかりだった。

でも弦矢さんが、私にはいる。

彼の存在が、唯一の心の支えである。しかしながら当人は、常に雛狐の側にはいてくれない。少し先を歩いたかと思えば、今度は背後に回る。横に並ぶこともあるが、絶えず周りを警戒しているため、ちょっとした会話も無理である。

仲良くなれたのに……。

今このとき、研究所からの帰路で、悠長にお喋りをしている場合ではないと、彼女も理解してはいる。だが、どうにも残念だった。

研究所を出たあと、しばらく大通りを進んでから、すぐに俊一郎の指示で脇道へと入る。雛狐が住む〈コーポ木《き》ノ崎《さき》〉へは、これでは少し遠回りになってしまうが、致し方ない。ビルとビルの間の、どちらかというと裏道めいた通りのため、とにかく人通りが少ない。よって犯人が、通行人に紛れて近づくことも難しくなる、というのが彼の考えらしい。

もっとも犯人は、こちらに見つからないように、黒術師から何らかの呪術を授けられているだろう、とも彼は睨んでいた。それでも人気のない道を選んだのは、きっと通行人が邪魔になると踏んだからではないか。

お陰で二人が歩く通りには、人影がまばらだった。だからなのか俊一郎は、ほぼ雛狐の横に並んでいる。たとえ満足に喋れなくても、それだけで彼女は嬉しかった。しかしながら、そういう状態が続いたのも、少しの間に過ぎなかった。

ふいに背後を確認してから、彼の様子が妙に可怪《おか》しい。

恐る恐る雛狐もふり向いたが、別に不審者など見えない。周囲の高いビルのせいで薄暗くなっている通りに、街灯の淡い明かりが瞬く物淋《ものさび》しい眺めが、そこには映るばかりである。

いったい、どうしたの？

急に彼女の後ろに回った彼に、面と向かって尋ねたいが、その勇気が湧いてこない。朝から夕方まで、あんなにお喋りをしたのに。そうなる前の関係に、まるで戻ったかのようだ。

研究所を出てから、もう三分の二は歩いただろうか。あと五分ほどで、コーポ木ノ崎には着くはずである。

どうかそれまで、何も起こりませんように。

と彼女が心の中で、思わず祈ったときだった。

「すぐに追いつくから、先に行っててくれ」

俊一郎は言うが早いか、踵《きびす》を返して走り出したかと思うと、左手に見える細い脇道へと飛び込み、あっという間に姿を消した。

えっ、そんなぁ……。

雛狐はとほうに暮れた。まさか自分を置き去りにして、彼がいなくなるとは考えてもいなかった。

犯人らしき影を見た……とか。

それなら有り得るかもしれないが、いったい自分はどうすれば良いのか。

その場で彼女は、しばらく立ちすくんでしまった。でも俊一郎が本当に犯人を追いかけていったのなら、今のうちに帰るべきだろう。もう怖い目に遭う心配はないのだから、こんなところで愚図愚図している必要はない。

後ろを気にしつつも、雛狐は歩き出した。それでも少し進んだだけで、ついふり向いてしまう。彼の姿が見えないかと、何度も確かめてしまう。

早く戻ってこないかな。

さっさと帰宅すべきだと思うのに、彼女の歩みは遅い。すぐにも俊一郎が追いつけるように、わざとゆっくり歩いている。そのうえ頻繁にふり返るので、よけいに進む速度が落ちる。

だからなのか、それに気づくのが遅れた。背後にばかり注意していたせいで、まったく目に入らなかったらしい。ただし歩みが緩やかだったために、そのうち視界に入る妙なものを、ようやく彼女は認め出した。

通り過ぎたばかりの電信柱の陰にいた何か。

ビルとビルの狭い隙間に立っていた黒いもの。

マンションの植え込みの裏に潜む人のような影。

駐車してあるバンの車体の下から覗く真っ黒な顔。

……といった忌まわしい何かが、あたかも雛狐を待ち伏せするかのように、実は先ほどから次々と行く手に現れていたのである。

しかも、それの姿形は次第にはっきりと、目にするたびに明確になっていく。最初は何か得体の知れぬものだったのに、ついで黒っぽいと分かり、どうやら人間らしいと察したあと、黒々とした人影だと判明する。

沙紅螺を襲ったのと、おそらく同じ影だと気づいたときには、すっかり雛狐は怯《おび》え切っていた。

弦矢さんは、犯人を追ってったんじゃないの？

自然に足が止まっていた。あと少しでコーポ木ノ崎なのに――エントランスの門柱が、もう前方に見えている――あれが途中のどこかで待ち伏せているかと思うと、とても進めない。一歩たりとも足が前へ出ない。

……どうしよう。

俊一郎を捜しに戻りかけたが、駐車中のバンやマンションの植え込みの前を引き返すのかと思うと、とても怖くてできない。すでに通り過ぎた場所にあれはおらず、きっと前方のどこかに潜んでおり、彼女が通りかかるのを、じっと待っている。だから引き返しても、きっと大丈夫である。そう考えるのだが、もしもまだいたら……と想像したとたん、その場から動けなくなった。

来た通りの方向をじっと見つめつつ、ちらっとコーポ木ノ崎を見やる。頭の中では二つの選択肢が、ぐるぐると回っている。

このまま弦矢さんが戻るのを待つ。

ここから部屋まで止まらずに走る。

どちらが賢明で、どちらの選択が愚かなのか。まったく判断できない。

待つか。

逃げるか。

よく考えようとすればするほど、どちらも正しく、どちらも間違っているように思えてくる。

ではいったい、どうすれば良いのか。

そのうち雛狐は、あることに気づいた。コーポ木ノ崎のエントランスの門柱の陰から、ちらっ、ちらっと何か黒いものが見えている。その黒い何かは、ゆらー、ゆらーと微《かす》かに揺れているみたいである。

やがて揺れる幅が大きくなり出して、それが真っ黒な顔だと分かり、彼女はぞっとした。ここから部屋まで走り出さずに、本当に良かったと心から思った。

しかし雛狐は、すぐに新たな恐怖に襲われた。今にあの黒い顔に、真っ赤で巨大な片目が現れて、こちらを凝視するのではないか。沙紅螺が遭った怪異に、自分も見舞われるのではないだろうか。

つい先ほどまで通りに満ちていた赤茶色の残照が、今や薄暗い夜の帳《とばり》に取って代わられようとしている。とっくに街灯は点《とも》っているものの、その明かりが妙に弱々しく映る。ぱちぱちっと明滅してから、すうっと消えてしまいそうである。

まるで墨汁を薄めたような暗がりの中に、ふらふらっと黒い人影が門柱の陰から出てきた。ほとんど背景に溶け込んでいるように見える。そのまま消えてしまうのではないかと目をこらしていると、彼女に向かって少しずつ近づきはじめた。

……嫌だ、来ないで。

反対方向へ逃げたいのに、あまりの恐怖から足が動かない。

そうこうしている間にも、じりじりと影は迫ってくる。でも、どこか変だった。歩行に差し障りがある人のような、そんな歩き方をしている。わざと歩みを遅くして、こちらをいたぶっているのか。だとしても、やはり歩き方が可怪しい。あまりにもぎこちない。どうしてなのか。

逃げなければと思いながらも、何が変なのか確かめたいという好奇心が、その場に彼女を引き留めてもいた。

えっ、あれって、まさか……。

違和感の正体を悟った瞬間、あまりの訳の分からなさに、とてつもない戦慄《せんりつ》を雛狐は覚えた。

……後ろ向きに、歩いてる。

なぜなのか理由は分からない。いや、きっと訳などないのだ。あえて考えるとすれば、彼女を怖がらせるため。それしかないだろう。

そのとき黒い顔が、左肩越しにふり向いた。そんな風に見えた。

ついで黒い顔が、右肩越しにふり向いた。今度は間違いなかった。なぜなら有り得ないほどの大きさの真っ赤な右目と、目が合ってしまったからだ。顔からはみ出すくらいの巨大な目の玉が、ぎろっと彼女を睨《にら》んでいた。

「いやあぁぁぁぁあっっ」

普段の大人しい雛狐からは想像できないほどの絶叫が、すっかり暗くなった通りに響き渡った。

十三　第三の事件

弦矢俊一郎は雛狐《ひなこ》のものらしき悲鳴を耳にして、しまった——と後悔した。

くそっ、俺のミスだ。

しかし急いで引き返しながら、自責の念とは別の感情も覚えていることに、かなり戸惑ってもいた。

雛狐の警護をして、彼はダークマター研究所を出た。常に辺りを警戒しつつ歩くため、非常に神経を使う。たった一人で四方八方を注視するのだから、本当に大変である。

次に狙われるのは彼女の可能性が高いため、黒捜課の捜査員を集中させるべきだ、と曲矢に提案したのだが、聞き届けられなかった。根拠に乏しいと却下された。一人の警護を強めたせいで、もしも別の者が犠牲になったら目も当てられない。そう言われると、さすがに反論できない。

とにかく犯人に、九孔の穴を開けさせないこと。

最も効果的な防御法は、それしかないと俊一郎は考えた。雛狐に恐怖を与えようとする犯人を、いち早く見つける。そして捕まえる。彼女を護《まも》ったうえで、事件も解決できる。まさに一石二鳥のはずだったのだが——。

……駄目だ。とても彼女を護り切れない。

大きな車道に面した歩道を進む限り、彼が注意を払うべき地点の数が多過ぎた。両側には店舗も多数あるため、犯人が客のふりをしているかもしれない。マンションの前では、住人のふりもできる。しかも、そういった周囲の環境は、前進するに従い刻々と変化していく。そこに走る車や歩く通行人といった、常に動いている存在が加わってくる。

独りじゃ無理だ。

容疑者イコール被害者候補でもあるため——そして二人の犠牲者が出たせいで、皮肉にも人員が足りたことから——今は死相が視《み》える全員に護衛がついている。にもかかわらず犯人は、どうやって雛狐に恐怖を与えるつもりなのか。沙紅螺《さくら》の場合は、それが簡単にできた。看優《みゆう》には携帯を使っているので、仮に護衛の目に見えるところにいても、電話越しの脅しが可能だったと思われる。

だが、雛狐は難しいのではないか。

そう考えながらも俊一郎は、とっさに周囲を見回していた。そうしてビルとビルの間の、狭い道へ入ることを選んだ。遠回りにはなるが、このルートだと車と人も一気に減る。両側に店舗も見当たらないので、注視すべきなのも通りの前後にほぼ限られる。それに迂回《うかい》ルートとはいえ、彼女が住むコーポ木ノ崎は、こうした裏通りに面していた。いずれ横道に入る必要があるのなら、早い段階でも良いだろう。

この考え方は正解だった。かなり賑《にぎ》やかな大通りから、人気の乏しい小さな通りに変化したせいで、雛狐は少し怯えたようだが、彼の警護には大いに役立った。彼女を怖がらせるのは心苦しいが、これも本人を護るためである。ここは我慢してもらうしかない。この裏通りのルートを取って、しばらく進んだときである。俊一郎は背後に、人の気配らしきものを感じた。

はっ……として、すぐさま後ろを向いて確かめたが、どこにも通行人の姿は見えない。子供が赤と茶の絵具を混ぜて塗りたくったような、そんな色合いの夕焼けに照らされた物淋《ものさび》しいような狭い道が、ずっと後方に延びているだけである。

気のせいか……。

と思って前を向いて歩いていると、やはり同じ気配を覚える。急いでふり返りかけたが、そこで彼は思い留《とど》まった。

ついに、来たか。

これが大通りの歩道だったら、なかなか気づけなかったかもしれない。裏通りだからこそ、こちらも感づくことができたのだろう。

あまり何度もふり向いたら、犯人に逃げられる懼《おそ》れがある。

ここぞというときまで待ってから、一気に追いかける。

俊一郎は自らに、そう言い聞かせた。そんな悠長な対応をしていて、もし雛狐に九孔の穴を開けられたら……と思うと気が急《せ》いたが、これが最善の方法だと、おのれを説得した。

それにしても犯人の護衛は、いったい何をやっている？

まさか護衛をつけていない者が、実は犯人だったのか……。

そうやって、どれくらい歩いたころだろうか。背後の気配が突然、かなり強まったように思えた。今すぐふり返れば、犯人を目の当たりにできる。そういう感覚に、ひしひしと囚《とら》われた。

ぱっと俊一郎がふり向くのと、すっと人影がビルの陰に入るのとが、ほぼ同時だった。いや、辛うじて彼のほうが早かった。だから一瞥《いちべつ》とはいえ影の姿形が、はっきりと目に焼きついた。

中学生くらいの……。

そう認めたとたん、探偵事務所を出たところで彼が目にした人影と、看優の警護をしていた城崎による人影の目撃談が、ぱっと脳裏に浮かんだ。

これらは同じ人物なのか。

だとしたら誰か。

事件の関係者で、中学生のように見える者と言えば……。

「すぐに追いつくから、先に行っててくれ」

雛狐に声をかけるや否や、俊一郎は人影が消えたビルの陰に向かって、すぐさま駆け出した。

そこはビルとビルの狭間《はざま》の、非常に細長い空間だった。辛うじて大人でも通れるため、一応は通路として使われているらしい。一種の抜け道だろうか。ただし満足な明かりはなく、もう日が暮れようというこの時間帯に、そこを歩いている者など一人もいない。

前方を走って逃げる小柄な人影と、それを追う俊一郎の足音だけが、その狭い空間内で虚《うつ》ろに響いている。

相手は敏捷《びんしょう》そうに見えたが、何度も背後を気にしてふり向くせいで、皮肉にも二人の距離は見る見る縮まり出した。そのうえ何かにつまずいたのか、身体のバランスを崩して、今にもこけそうに見えた。何とか踏み留まったようだが、そのときには相手のすぐ後ろまで、もう俊一郎は迫っていた。

「おい、待て！」

あまりにも近くで、彼の声が聞こえたためか、びくっと身体を強張《こわば》らせてから、本当に人影が立ち止まった。そこは狭い通路の、ほとんど出口付近だった。夕間暮れの残照を受けて、くっきりと小柄な影が浮かび上がっている。

この反応には俊一郎も驚いたが、相手まで数歩のところで、彼もまた足を止めた。いざとなれば飛びかかって、充分に捕まえられる距離である。そんな心構えをしながら、まずは犯人の正体を……と考えたときだった。

くるっと人影が、突然ふり返って、

「学者さん、お元気でしたか」

一瞬、何を言われているのか分からないながらも、心のどこかで懐かしいと感じる呼び方を、俊一郎は耳にした。

「き、君は……」

「嫌だなぁ、もう忘れたんですか」

「……こ、小林《こばやし》君？」

黒術師が主催したミステリーバスツアーのメンバーの一人で、ハンドルネーム「小林君」で呼ばれていた男子中学生が、目の前に立っていた。ちなみに「学者」とは、そのときの俊一郎の呼称である。

「無事だったか……」

この二ヵ月ほどの間、ずっと胸につかえていた何かが、すうっと流れたような気分を覚える。ただし、それも小林君の次の台詞《せりふ》を聞くまでだった。

「はい。黒術師様が最後の最後に、助けて下さいました」

「……………」

俊一郎は絶句したが、次の台詞で頭の中が真っ白になった。

「だから僕は今、黒術師様のために働いています」

とてつもなく恐ろしい事実を、さらっと小林君は口にして、楽しそうにニコニコしている。

そんな彼を見ているうちに、他のメンバーの安否について、ようやく俊一郎は尋ねることを思いついた。

「……他の人たちは、どうなった？」

すると小林君は、急に顔を曇らせながら、

「それが、まったく分かりません。黒術師様にお訊《き》きしても、何も教えて下さらないんです」

助からなかったのか……と、俊一郎は落胆した。でも、小林君が無事だっただけでも喜ぶべきかと考えた。しかし、よりによって黒術師のお陰で救い出されたらしい。そのうえ彼は、黒術師の下で働いているという。

えっ……。

ここで俊一郎は遅蒔《おそま》きながら、ある重大なことに気づいた。

「小林君、き、君は……」

「何でしょう？」

「く、黒術師と……会ったのか」

ニッと彼は可愛らしく笑うと、

「はい、お会いしました」

「や、やつは、いったい何者だ？」

「偉大な呪術《じゅじゅつ》の先生です」

「そういうことじゃなく、やつの正体だよ」

　そこで今度は、ニヤッと嗤《わら》いながら、

「あれぇ、学者さんは知らないんですか。あっ、探偵さんでしたね。正しくは死相学探偵、格好いいなぁ。けど学者さんでも探偵さんでも、黒術師様の正体をご存じないっていうのは、ちょっといただけませんね」

「どういう意味だ？」

「僕のような下っ端が、そんな重要なこと、口にできませんよ」

　何が何でも吐かせてやる――という気に俊一郎はなりかけた。だが、それよりも今は優先すべき問題がある。そう考え直して、

「ここで君は、何をしてる？」

「ちょっと探偵さんに、ご挨拶《あいさつ》をしておこうって思ったんです」

「ダークマター研究所の事件に――」

「あっ、僕は関係ありません」

　それを信じて良いものかどうか、俊一郎が判断に迷っていると、

「いやあぁぁぁぁっっ」

　さっきまで雛狐といっしょにいた通りの方向で、絶叫が轟《とどろ》いた。

「それじゃ僕は、これで失礼します」

　ぴょこんと一礼してから小林君は、くるっと背中を向けて出口へと歩き出した。それを俊一郎は、思わず追いそうになった。しかし悲鳴をあげた雛狐を、このまま放ってお

くわけにはいかない。

彼は踵《きびす》を返すと、ビルとビルの間の狭い道を走った。そうして元の通りに出たところで、道路の真ん中でしゃがみ込む雛狐の姿が目に入った。

急いで駆けつけながら、周囲を見回す。だが犯人らしい人影は、どこにもない。

「大丈夫か。何があった？」

俊一郎にしがみつく彼女を立たせて、とりあえず事情を聞こうとしたが、満足に喋《しゃべ》れない。そのままコーポ木ノ崎の部屋まで行き、お茶を飲ませて落ち着かせると、ようやく話しはじめた。

雛狐の身に何が起きたのか、その詳細が分かったところで、彼は自分を大いに責めて悔いた。

「本当に申し訳ない。あなたを護《まも》らなければならないのに……」

「……私は、大丈夫です」

彼女は気丈にも、そう言って微笑もうとした。さらに俊一郎が誰を追いかけたのかを、とても知りたがった。

「背後の気配が、きっと犯人だと、俺は思い込んでしまって……」

「けど、事件とは何の関係もない、まったくの一般人だったわけでもなかった。そうですよね」

すぐに彼が戻らなかったため、そんな風に雛狐は受け取ったらしい。

「実は――」

　そこで俊一郎は、ミステリーバスツアー事件について簡単に説明した。本来は過去の事件の話など絶対にしないのだが、この場合は仕方がない。

「だったら、良かったです」

　すると彼女が、驚くべき台詞を口にした。

「えっ？」

「その小林君という子の身を、弦矢さんは案じていたんでしょ。彼が無事だと分かって、良かったじゃないですか」

「うん、まぁ、そうなんだけど……」

　俊一郎は返答に困りつつも、

「しかし彼は、黒術師の手先になってしまってる。元々が崇拝者だったわけだけど、本当に向こう側の人間になったのなら、こちらも容赦はできない」

　小林君が犯罪者と言ってもよい存在であることを、はっきりと伝えた。

「そうなったのは、もちろん残念です」

　いったん雛狐は認めてから、またしても驚くべき発言をした。

「でも救出することは、できるんじゃないですか」

「……助け出す？」

「相手は、まだ中学生でしょ。だからこそ間に合うと思うんです」

それが黒術師と闘う俊一郎や黒捜課の役目ではないか——と、どうやら彼女は言いたいらしい。

「うん、そうだな」

犯人に襲われている肝心なときに、まったく助けられなかった相手から、微《かす》かな希望をもらった気が、彼はした。それが情けなくもあり、かつ有り難くもある。非常に複雑な心境だった。

それにしても……。

雛狐が襲われたことで、綺麗《きれい》に脳裏から飛んでしまっていたが、俊一郎は改めて気になった。

いったい小林君は、なぜ姿を現したのか。

結果的に彼は、犯人を助けた格好になる。看優を警護していた城崎の背後にいたのも彼だったとすれば、そう考えるのが筋だろう。だが黒術師はこれまで、そういう形で犯人を援護したことなど一度もない。

それに小林君は、事務所の近くでも見かけた。

あの人影は、まず間違いなく彼だろう。だとすれば俊一郎に、彼は接触しようとしていたことになる。城崎に姿を見せたのは、中学生らしき人影の目撃情報が、俊一郎に伝わるからではないか。

俺を相手に、彼は遊んでるのか。

ミステリーバスツアー事件のときの彼の言動を思い出すと、強《あなが》ち外れていない推理かもしれない。

「どうしたんですか」

すっかり考え込んでしまったため、雛狐に心配された。

「いや、何でもない」

そう断ってから彼は、念のために彼女を死視した。すると紫の薄い膜が、やはり濃くなっていた。残念ながら犯人によって九つの穴の一つに、九孔の穴が開けられてしまったらしい。

曲矢に電話をして、その事実を伝えてから、

「だから明日《あした》は一日中、この部屋から彼女を出さずに、コーポの周りを黒捜課の捜査員たちで固め、犯人の襲撃に備えたい」

そう俊一郎は提案したのだが、曲矢は承諾しなかった。

「いや、当初の計画通り、関係者は研究所に集めて、そこで警護すべきだ」

「看優の二の舞になるぞ」

「雛狐の護りが固過ぎるからってんで、いったん彼女を諦《あきら》めて、犯人が次のターゲットに九孔の穴を開けたら、どうする？」

「それは……」

たちまち俊一郎は言葉に詰まった。

三人目の犠牲者が雛狐でなければならぬ理由が、果たして犯人にあるのかどうか。それが分からない以上、彼女だけを護ることは確かにリスクがあった。とはいえ雛狐は今、九孔の穴を開けられているのだ。

「だからって彼女を、のこのこ研究所に――」

「私、行きます」

それまで黙っていた雛狐が、小声ながらも自分の意思を口にした。

「いつも通り、研究所に出勤します」

「駄目だ」

俊一郎は携帯を手で塞《ふさ》ぎつつ、慌てて彼女を止めたが、

「弦矢さんも、黒捜課のみなさんも、いらっしゃるから大丈夫です」

本人の決心は揺らがなかった。

その俺が、あなたを護れなかったんじゃないか……。

と言いそうになって、彼はこらえた。それを理由にするのは、さすがに違う気がした。むしろ卑怯《ひきょう》かもしれない。

「どうした？　本人が行くって、そう言ってんじゃねぇのか」

こちらの会話が聞こえたとも思えないが、曲矢が鋭く突っ込んできた。

「……分かった。その代わり唯木さんに、彼女の護衛として、今から来てもらってくれ。ここに泊まってもらう。そして明日の朝は、そこに城崎さんと俺を加えた三人態勢で、

彼女を研究所まで送る」

「唯木は駄目だ」

　ぶっきらぼうな曲矢の返事に、俊一郎は怒りを含んだ口調で、

「なぜだ？」

「翔太朗《しょうたろう》の担当だからだ。野郎が最も怪しいって、お前も考えてんだろ」

「ああ、そうだけど……」

「今のメンバーじゃ、唯木が一番だ。大西も小熊も刑事としてはベテランだが、黒捜課の捜査員としちゃまだまだでな。だから最重要容疑者に張りつかせられんのは、唯木しかいないんだよ」

　結局、今から雛狐には独りで部屋に籠《こも》ってもらい、明日の朝、俊一郎たちが迎えにくるまでは絶対に外出しない――という対応を取ることが、本人を交えた話し合いで決まった。

　沙紅螺と看優の例から見ても、九孔の穴を開けられたばかりの雛狐が、すぐに狙われるとは思えない。そういう意味では、今夜はほぼ大丈夫だろう。用心しなければならないのは、明日である。

　そんな認識が俊一郎にもあるため、この対応を渋々ながらも受け入れた。ただし明朝は、彼と曲矢と城崎が彼女の警護に当たる。この三人態勢だけは声高に主張したため、何とか通った。

そして翌日の朝、俊一郎がコーポ木ノ崎の雛狐の部屋を、約束の八時半よりも十分も前に訪ねたのに、すでに曲矢と城崎は廊下にいた。二人よりも遅かったことをネタに、曲矢に何か言われると思ったのだが、本人は珍しく黙っている。

城崎がインターホンを押すと、すぐに雛狐が部屋から出てきて、

「おはようございます」

微笑みつつ挨拶《あいさつ》をしたが、さすがに笑みが少し強張《こわば》っている。

彼女の前に曲矢、右斜め後方に城崎、左斜め後方に俊一郎という布陣で、廊下を歩いてエレベーターに乗り、そのまま通りへと出る。

研究所までは昨日の帰路ではなく、最短ルートを取ることになった。邪視の危険を回避するためには、一刻も早く研究所の個室に入る必要があったからだ。ただ、そうすると大通りを進まざるを得ず、時間帯から考えても、数え切れないくらいの通勤の人々に周りを囲まれる羽目になる。

これでは犯人に狙われても、すぐには気づけない。もちろん関係者には捜査員が張りついているが、犯人も研究所へ向かうのだ。その途中でニアミスを装ってくるかもしれない。

……大丈夫か。

俊一郎は大いに不安を覚えた。それに人通りが多いと、それだけ前進も阻まれてしまう。これでは研究所に着くのが、かなり遅れるのではないか。

しかし、後者の心配は杞憂《きゆう》だった。なぜならただでさえ柄の悪い曲矢が、先頭で睨《にら》みを利かせていたからだ。お陰で誰もが、この四人組を避けて通った。通常なら恥ずかしくて、すぐに曲矢とは他人のふりをしただろうが、今回ばかりは違った。

あの強面《こわもて》が、こんな形で役に立つとは……。

かといって感謝までする気にはならず、俊一郎も複雑な思いを抱いた。

それでも曲矢のお陰で、予定よりも早く研究所には到着した。看優の失敗があるため、門を潜る前から大いに警戒する。完全に雛狐を三人で囲む格好のまま、とにかく足早に玄関まで進んだ。

そうして玄関の大きな硝子《ガラス》の扉を開き、巨大な鉢植えの観葉植物に出迎えられ、しかしながら人間は一人もいないホールへ入って、打ち合わせ通りに彼女を図書室へ誘《いざな》おうとしたときである。

奥と手前の廊下や階段から、どどどぉっと何人もがホールへ向かって、一散に駆けてくる気配を覚えた直後、

「逃げろぉ！　外へ出るんだぁ！」

という副所長の仁木貝《にきがい》の叫び声と共に、会長の綾津瑠依《あやつるい》、所長の海松谷《みるや》、主任の海浮《かいふ》、四人の職員たちと医師、火印《かいん》と阿倍留《あべる》、翔太朗、紗椰《さや》、黒捜課の唯木、大西、小熊といった面々が、どおっとホールに雪崩れ込んできた。

「な、何ですか」

思わず大声で訊《き》いた俊一郎に、

「爆発物です。それを研究所に仕掛けたという電話が、たった今あったんです」

仁木貝が信じられない返答をした。

「それって例の、脅迫状の——」

「多分そうでしょう。でも今は、とにかく逃げる——」

「あぁぁっ！」

短いながらも鋭い悲鳴が、いきなりホールに響いた。

とっさにふり向いた俊一郎は、顔から見る見る血の気が引いていくのが、自分でもよく分かった。

雛狐が右の耳から、つぅーっと糸のような細い筋の血を垂らしている。

「囲むんだぁ！」

俊一郎は叫びながら、彼女を包むように抱き着くと、そのまま床の上に伏せた。そこに曲矢と城崎が即座に加わり、あとから唯木と大西と小熊が駆けつけた。

「我々を残して、外へ出て下さい」

唯木の指示に従って、仁木貝が全員を玄関から前庭へと誘導した。

「おい、大丈夫か」

ホールに残ったのが、自分たちだけだと俊一郎は確認してから、雛狐の身体を起こして声をかけた。

「……はい」

弱々しいながらも返事があり、ひとまず彼は安堵《あんど》したのだが、

「俊ちゃん、しっかり支えなさい」

すぐ横で声がしたので見ると、瑠依の白塗りの厚化粧顔が、どんっと目の前にあって仰《の》け反《ぞ》った。いったん玄関の硝子戸から出たものの、すぐに戻ってきたらしい。

「耳はどう？　ちゃんと聞こえる？」

雛狐の右耳を覗《のぞ》き込みながら、瑠依は尋ねたが、

「念のために、病院に行きましょう」

本人が答える前に、さっさと結論を出したのは、いかにも会長らしい。

「私が連れて行きます」

いつの間にか仁木貝も、俊一郎たちの側に立っている。それればかりか、この二人を除く全員が玄関の硝子扉越しに、こちらを凝視していた。

慌てて俊一郎は、みんなの視線から雛狐を隠すように、さっと彼女の前に立ち塞がった。それを見た曲矢が扉から出て、全員を中庭へと誘導した。

雛狐と仁木貝には、黒捜課から大西が同行することになった。残りの捜査員たちは手分けして、研究所内に不審物がないかを調べた。とはいえ爆発物を仕掛けたと伝えてきた電話は、おそらく犯人の陽動ではないか——という見立てを、俊一郎も曲矢もしている。所内の検《あらた》めは、あくまでも用心のためである。

案の定、不審物は見つからなかった。その間、関係者たちは研究所の敷地内の庭園に設けられた、四阿《あずまや》やベンチに散らばって待っていた。互いが決して視界に入らないように、俊一郎は充分に注意を払った。それを手伝ったのが瑠依だったのだが、正直かなり迷惑だった。

この人が病院に行って、仁木貝さんが残ってくれていたら……。

そう心の中で、しきりにぼやいた。

関係者たちを十二分に引き離したあと、執拗《しつよう》に話しかけてくる瑠依を適当にあしらいつつ、彼は考えた。

雛狐の邪視は、なぜ失敗したのか。

彼女の異変に気づくや否や、俊一郎が身を挺《てい》して護《まも》ったからか。それで犯人の邪視から、対象となる右耳が外れてしまったのか。

でも、耳から血は流れていた……。

つまり邪視は、ちゃんと成功したのではないか。にもかかわらず止《とど》めを刺せなかったのは、その時間が足らなかったからなのか。だから右耳からは、それほど血が出なかったのだろうか。

……血の量。

そう言えば沙紅螺の口から垂れた血も、それほど多くはなかった。

しかし看優の左目から出た血の涙は、相当な量になった。

九孔の穴から、血が流れる。

ここで俊一郎は、関係者全員を死視したあとで、ある引っかかりを覚えたことを、改めて思い出した。それを曲矢に伝えようとしたところ、第一の事件が起きてしまったので、そのままになっていた。

あれは何を、いったい意味していたのか……。

あの現象は、どんな風に解釈すべきなのか……。

相変わらず横で喋《しゃべ》り続ける瑠依を完全に無視して、そのまま俊一郎は深い深い沈思黙考の世界へと下りていった。

黒衣の女（四）

黒衣の女が呼び出されたのは、ダークマター研究所から少し離れた、それまで犯人が一度も利用したことがないらしい、まったく人気のない小さな公園だった。

本来なら絶対に応じないのだが――その前に一度、すでに二回目の面談を許しているため、よけいである――今回だけは絶対に無視できなかった。いや、仮に犯人の「すぐに会いたい」という連絡がなかったとしても、間違いなく彼女のほうから押しかけていただろう。

なぜなら犯人が、九孔の穴に失敗したからだ。

どういうことですか——と、いきなり問いかけたい気持ちを抑えて、まず黒衣の女は尋ねた。

「研究所から独りで出てきて、大丈夫なんですか」

すると犯人は、雛狐の件で大騒ぎになっているので、二、三十分くらいなら問題ないと答えた。

確かに弦矢俊一郎側にとっても、今回の事態は不測だったに違いない。ただ異なるのは、向こうは雛狐が助かって吉だったが、こちらは彼女を殺《あや》められずに凶だったという正反対の結果である。

ちなみに犯人は注意するまでもなく、念のために黒蓑《みの》を使っていた。これで研究所の誰かに、万一この場を見られたとしても別に問題はない。なぜなら犯人を認めることが、その人は決してできないからだ。ただ公園のベンチに、男女が一人ずつ離れて座っている。そんな風にしか映らないはずである。

「では手短に、何があったのか、お話し下さい」

犯人の説明によると、沙紅螺のとき口から垂れた血が少量だったため、看優への邪視では黒衣の女のアドバイス通りに、より力を込めて睨《にら》んだ。そのお陰で、彼女の左目からは血潮が大量に流れた。だから雛狐を狙った際も、同じようにしたつもりだったのに、なぜか失敗した。

「二人目の犠牲者に行なった邪視と、まったく同じくらいの力を、三人目にも確かに込めたんですね」

黒衣の女の確認に、ぶすっとした様子で犯人は頷《うなず》いてから、あろうことか九孔の穴の呪術《じゅじゅつ》に、何か不備があったのではないかと言い出した。

「有り得ません」

すぐさま彼女は、きっぱりと否定した。

しかし犯人も、容易には引き下がらない。そちらの忠告を聞き入れて犯行に及んだのに、それで失敗したということは、この呪術そのものに問題があったとしか考えられない——と、大いに力説し出した。

「黒術師様に、なんと失礼な……」

黒衣の女の声は、怒りに震えた。

「九孔の穴が正常に機能しなかった原因は、あなたにあります」

決めつけるな、と犯人も怒り出した。

「いいえ、それが真実です」

しかしながら彼女が、きっぱりと言い切ると、とたんに自信をなくしたように見えた。そして臆面《おくめん》もなく対応策を、当たり前のように求めてきた。それがないのなら、新しい呪術を与えてくれ、とまで要求しはじめた。

「九孔の穴は、すでに稼働しています」

もちろん中止することはできる。そのうえで新たな呪術を授ける、という手も考えられなくはない。

でも、それでは……。

黒術師の呪術が失敗したことを、弦矢俊一郎たちに認める羽目になる。そんな屈辱には、とても耐えられない。

そもそも黒術師様が、お許しにはならないだろう。

むしろ大いなるお怒りを買ってしまう懼《おそ》れが……。

かといって邪視の力の強弱は、犯人の意志にかかっている。どれほど力を込めろと忠告しても、結果的にできなければお終《しま》いである。

新しい呪術を――とせっつく犯人に、どうしたものかと黒衣の女が困惑していたときである。

「ここにきて、仲間割れですか」

いきなり声をかけられ、びくっとして黒いベールから窺《うかが》うと、ベンチから少し離れた地点に、実に意外な人物が立っていた。

それは死相学探偵である、弦矢俊一郎その人だった。

十四　真　相

弦矢俊一郎は、ベンチに座った二人に声をかけたあと、

「それにしても犯人が、やっぱりあなただったとは――」

今度はそのうちの一人の、翔太朗《しょうたろう》にだけ視線を向けた。

「最も疑わしい容疑者が、実は本当に犯人だった。つまり裏の裏は表だった――という真相になるわけですが、正直あまり面白くはありません」

そこで当人が、完全に黙ったままなのに気づき、

「あっ、姿を隠してるつもりでしょうけど、研究所から尾《つ》けてきてるので、とっくにバレています。だから喋っても、何の問題もないですよ」

「……お前、なんか話し方が、変じゃないか」

ようやく翔太朗が口を開いたが、まず気にしたのは俊一郎の口調である。

「事件を解決する段になると、こういう調子に、なぜかなるんです。それまで愛想がないだけに、かなり無気味がる人もいますが、ささいなことですから、まぁ気にしないで下さい」

「充分に可怪《おか》しいだろ」

すかさず翔太朗は突っ込んだが、

「いや、そんなことどうでもいい。それより、やっぱり俺が犯人だった——って、お前に分かってたわけ、あるはずないだろ」

と怒りも露《あらわ》に、俊一郎に嚙《か》みついた。同時に黒蓑を使うのを止めたのか、普段通りの姿を現した。

「いえいえ、普通に、十二分に、あなたが怪しかったのは間違いありません。まず状況証拠のすべてが、あなたを指していました。そのうえ関係者の多くも、最も容疑の濃い人物として、あなたの名前を挙げました」

「そ、それだけで——」

「あなたを死視したとき、他の人で死相が出ているのは、所長と主任と年長組だという意味の台詞《せりふ》を、俺に言いましたよね。確かに研究所のほうから、関係者に死相が出ているから、事前に心構えをしておくように、というお達しはありました。でも誰に出ているのか、そこまでの通知はなかったはずです。そのことを知っているのは、犯人だけです」

「ぶっ、物的証拠が——」

「確かにありませんが、こういう現場を押さえられては、もうお終いでしょう」

そう言いながらも俊一郎は突然、にこっと場違いにも微笑みながら、

「とはいえ、何も落ち込むことはありません。なぜなら今回の事件の真犯人は、別にいるからです」

「……えっ？」

心底びっくりしたような顔を、翔太朗は見せたが、

「ああ、黒術師のことか」

すぐさま、なーんだという口調で応《こた》えた。

「いいえ、違います。今回の事件の、真の犯人です」

だが、俊一郎の返しを聞いて、何とも言えない変な表情になった。

「だから、それは俺だろう」

「あなたでは、ありません」

「じゃあ、誰だ？」

「あなたと俺を除いた、事件の関係者の全員です」

「……い、意味が、分からん」

戸惑いを通り越して彼は、薄気味悪そうに俊一郎を見つめている。

「手掛かりは最初から、俺の目の前にありました。それを妙だと気づきながらも、深く考察することができなかった。いや、何度か考えようとしたのですが――」

そこで俊一郎は首をふると、

「今さら言い訳しても、仕方ないですね」

「さっさと説明しろ」

かちんとくる横柄な翔太朗の物言いなど、まったく気にした風もなく、

「はじまりは沙紅螺《さくら》さんが、俺の探偵事務所を訪ねてきたことでした」

彼女とのやり取りについて、まず彼は詳しく話した。

「別に妙なことは、何も起きてないじゃないか」

「研究所に来て、他の方々の死視をするまでは、俺もそう思ってました」

「どういうことだ?」

「沙紅螺さんを死視したところ、全身を覆う薄い紫の膜と、九孔の穴から流れ出る血が、はっきりと視《み》えました」

「だって、九孔の穴という呪術だろ。なら――」

と言いかけて、翔太朗が黙った。

「ええ、そうなんです。他の八人に視えたのは、紫の膜のみだったのに、なぜ沙紅螺さんだけ、そんな情景が視えたのか」

「最初の犠牲者だったから……」

自信なげな口調に、俊一郎も苦笑した。

「理由になってません」

「だったら、どうしてだ?」

翔太朗はむっとして、睨《にら》みつける眼差《まなざ》しをしたが、

「あれは看優《みゆう》さんが、俺だけに視せた、幻視だったからです」

俊一郎の推理を聞いて、ぽかんと口を開ける羽目になった。

「あのとき看優さんは、事務所の扉の外にいた。そして内部の様子を窺いつつ、幻視を行なうタイミングを計っていた。そんな彼女の存在に、僕が気づいた。あっ、僕っていうのは、俺の相棒でもある鯖《さば》虎猫です。僕は猫ですが――」

「猫の話なんか、どうでもいい」

ここまで愛想の良かった俊一郎が、ぞくっとくるほど鋭い眼差しを、きっと相手に向けた。

「ひぃ」

そのとたん翔太朗は、小さな悲鳴をあげて、慌てて視線をそらせた。しかし、そんな眼光も一瞬に過ぎなかった。再び元に戻ると、

「僕は可愛くて賢い猫ですが、その話はおいておきましょう。沙紅螺さんに視えた死相の一部は、看優さんによる幻視だった。研究所にお邪魔して、みなさんを死視したあとで、すぐに気づくべきでした。でも沙紅螺さんを死視した直後にも、実は大きな手掛かりがあったことを、俺は見落としていたのです」

「何だ？」

「彼女は研究所の帰り道で、あなたに襲われて、非常に怯《おび》えました」

「普段は気が強いくせに、やっぱり女だな」

再び俊一郎の両目が鋭く光りかけたが、今度はあっさり元に戻ると、

「そんな怖がりな沙紅螺さんなのに、どうして死視のあと、何が視えたのか——を、俺に訊《き》かなかったのでしょう」

「……確かに、変か」

珍しく翔太朗が素直に反応した。

「なぜなら彼女は、死視の結果を知っていたからです」

「看優の幻視だ……と？」

こっくりと頷《うなず》く俊一郎に、翔太朗は混乱した表情で、

「けど、何のために——」

「目的は三つあったと思われます。一つ目は俺を事件に巻き込むため。二つ目は九孔の穴という呪術《じゅじゅつ》の存在を、手っ取り早く俺に理解させるため。三つ目は看優さんの幻視が、ちゃんと俺に通用するかのテストです」

「だから、何の——」

翔太朗の問いかけを無視して、俊一郎は話し続けた。

「もっとも看優さんは、ちょっとやり過ぎてしまった。おそらく当初の予定では、九つの穴の一つから、少しだけ血が流れているようにも映る……という程度の幻視だったのでしょう。それだけの手掛かりでも祖母なら、使われている呪術が九孔の穴だと充分に見破れます。また、その程度の差異なら、他の人たちに視えなくても、俺も不審には感

じないかもしれない。まさにギリギリの表現と言えます。しかしながら看優さんは、早とちりで、おっちょこちょいの性格でした。それでつい、やり過ぎてしまった」

「いや、何のことか――」

おいてけぼりを食ったような翔太朗を、相変わらず俊一郎は構わずに、

「研究所で看優さんと会ったとき、彼女は『こんな格好ええ男やなんて、沙紅螺ちゃんから聞いてない。そんなん、うち分からんかったわ』と言いました。そんな台詞が口からとっさに出たのは、彼女が事務所の外の廊下にいたからです」

「格好ええ男は、否定しないのか」

「沙紅螺さんが事務所から帰ったとき、僕が外へ出たのは、廊下にいた何者かの――看優さんだったわけですが――正体を確かめるためだった。それで害がないと分かったので、特に俺にも知らせなかったのでしょう。もっとも俺が研究所へ出かけるときに、何か言いたそうな素ぶりはあったので、僕も迷っていたのかもしれません」

「いやいや、猫だから……」

「それから俺は、祖母に電話しました。あのとき祖父が出たのも、思えば変でした。しかも、珍しく祖父から話しかけてきた。あれは祖父が家の固定電話で俺の相手をしながら、祖母に携帯で電話をかけて、向こうが出るまでの時間稼ぎでした。そして祖母が応じた携帯を、固定電話の受話器に近づけ、あたかも祖母が電話に出たかのように装ったのです。あのとき声が遠いように感じたのは、そういう仕掛けがあったからです」

「お前んとこの年寄り、どっか可怪《おか》しいんじゃないか」

「俺は沙紅螺さんの死視の結果を、祖母に伝えました。すると『何ともまぁ、それは酷《ひど》過ぎやな』という反応があった。よく考えると、これも妙な感想です。あれは看優さんが暴走したことを、祖母が気づいたからです。でも結果的に、それで祖母が九孔の穴だと見抜けたのだと、俺は信じ込まされた。もしも沙紅螺さんに視えたのが、研究所に来て死視した他の人たちと同様、薄い紫の膜だけだったとしたら、さすがの祖母も、九孔の穴だと断定するのは無理でしょう。呪術が特定できなければ、それだけ俺と黒捜課の対応も遅れ、事件に取り組むのに時間がかかってしまう。だから看優さんが、そんな幻視を俺に視せることになったのです」

「だったらお前の祖母《ばあ》さんは、前もって九孔の穴が使われてることを、実は知ってたって言うのか」

「そうです」

「莫迦《ばか》な。いつの間に、そんなことが――」

「沙紅螺さんが、新恒警部に相談したときでしょう。警部はすぐ祖母に連絡して、二人を会わせた。そこで祖母が時間をかけて調べて、沙紅螺さんにかけられた呪術が、九孔の穴だと分かった。一方の新恒警部は、おそらく沙紅螺さんと研究所の関係者に対する事情聴取から、犯人はあなただと推理した」

「う、嘘つけ」

「いいですか。俺が沙紅螺さんを死視する。その結果を祖母に伝える。そこで九孔の穴という呪術だと分かる。それから曲矢刑事が――看優さんと同じく、廊下で待機していたわけですが――いきなり探偵事務所に現れる。あとから唯木さんが加わり、三人で研究所まで出かける。その間、曲矢刑事は俺の前にいた。少しだけ離れた時間はあるけど、仮にそこで祖母や新恒警部や黒捜課から連絡があって、九孔の穴のことを聞いたのだとしたら、絶対に俺に言うはずです。しかし、そういう事実はまったくなかった。にもかかわらず曲矢刑事は、研究所の応接室で話をしていたとき、すでに九孔の穴の呪術を知っていました。俺が尻《しり》から血を流して……といった莫迦話をしたのですから」

「あらかじめ、知ってた……」

「そう考えざるを得ません。では、いったい彼は、いつ、誰から、この呪術のことを聞いたのでしょう」

　翔太朗は苦悶《くもん》の表情を浮かべながら、半ば叫ぶように、

「さっきからお前は、な、何の話をしてるんだ？」

「あなたも、察しが悪いですね」

　俊一郎は苦笑しつつ、

「もちろん犯人を、罠《わな》にかける話です。と同時に俺まで、騙《だま》す話になるわけです」

「わ、罠だって……」

「ですから沙紅螺さんと看優さんは、お二人とも無事です。研究所の地下のシェルター

で、たぶん生活してるのだと思います。雛狐《ひなこ》さんも、何ともありません」

「…………」

翔太朗は言葉をなくしたように見えた。

「死んだふりをした友達を前にして、彼女たちが本当に泣いたのは、それほど仲が良かったからでしょう。お陰で俺も、すっかり騙されました」

「そ、そんな、はずない。だって、あいつらは――」

「九孔の穴の一つから、血を流して死んだように見えました――が、すべては看優さんの幻視です」

「……それを、俺とお前が、見せられた」

「そうです。あなたは彼女たちを、九孔の穴で殺す気満々でした。そして俺は彼女たちが、九孔の穴で殺されると信じ込んでいた。看優さんの幻視に騙される要因が、二人ともそろっていたわけです」

「いいや、やっぱり変だ。あいつが幻視の力を発揮したんだとしても、それで邪視の力を防げるはずがないじゃないか」

「そのままだったら、そうです。しかし沙紅螺さんたちを護《まも》ったのは、看優さんの幻視の力だけではありませんでした」

「他にも、あったと？」

「はい。あなたが邪視する前に、祖母の特殊な力が、彼女たちを護っていたのです。それが言わば防壁となって、邪視を跳ね返したのです」

「そのお前の祖母《ばあ》さんって、愛染様とか呼ばれてるやつだろ。そんな年寄りなんて、どこにも――」

「会長の綾津瑠依《あやつるい》が、祖母でした」

そう口にしたとき俊一郎は、穴があったら入りたいような顔をしたが、それに気づく余裕が翔太朗には、まったくないようだった。

「な、何ぃぃ」

「あなたも、『あの会長とか副所長とかいうやつ』という言い方を、応接室でしていたじゃないですか。いかに普段から研究所に顔を出していないとしても、普通『とかいうやつ』なんて表現は、ぱっと口から出ません。つまり二人の登場が、あまりにも唐突だった証拠です。にもかかわらず他の人たちは、あの二人を受け入れている様子でした。なぜなら二人の正体を、あなたと俺以外は知っていたからです」

「副所長は？」

「新恒警部の変装です。警部は大学時代に、芝居もしていたそうですからね」

唖然《あぜん》としている翔太朗に、俊一郎は淡々とした口調で、

「綾津瑠依（あやつるい）は弦矢愛（つるやあい）の、仁木貝（にきがい）は新恒（にいがき）の、それぞれアナグラムです」

「……頭が痛い」

「いやいや、お前、自分の祖母ちゃんが、まったく分からなかったのか」

「それを言われると、ほんと辛《つら》いです」

うなだれる俊一郎を、翔太朗が気の毒そうに見ている。二人の立場が、辛うじて逆転した瞬間である。

「あの会長と副所長に対する、他の関係者の言動がどこか妙だったのも、二人の正体が分かると頷けます。看優さんが新恒警部のダンディさをほめたあと、『せやのに、あんな――』と続けたのは、『あんなイケてない変装をして』とでも、うっかり口をすべらせそうになったのでしょう。ちなみに新恒警部が姿を隠したのは、警部が指揮を執ると、沙紅螺さんたちが襲われにくくなり、かつ犯人の逮捕も早まるから――という理由からだったのではないか、と俺は睨《にら》んでいます」

「そんなこと、したのは……」

「はい、あなたを罠にかけるためです」

「けど、お前まで騙す必要が……」

「ありました」

俊一郎はミステリーバスツアー事件を簡単に説明したうえで、そのとき内部の情報が黒術師に漏れていた件を伝えた。

「だから俺に罠を打ち明けるのは、危険だと判断された。俺を対象にして、黒術師が盗聴や盗撮を仕掛けているかもしれない。ここは『敵を欺くにはまず味方から』の諺《ことわざ》に倣《なら》うことにした。間違いなく新恒警部の考えでしょう」

「その新恒が、犯人は俺だと推理した——って件だけどな」

翔太朗は急に、自信を取り戻したような様子で、

「お前が認めたように、物的証拠は何もなかったんだろ。ここまでの話を聞く限り、お前よりも新恒のほうが、推理に有利な情報を持っていたわけでもない。違うか。つまりは当てずっぽうで——」

「いいえ、確たる証拠がありました」

「嘘つけ」

「もっとも黒捜課の捜査員ではない、普通の警察官では、まず採用しない証拠だったたわけですが——」

「何だよ、それは？」

「雛狐さんの読心術です」

すうぅぅっと翔太朗の顔から、見る間に血の気が引いていくのが、まさに手に取るように分かった。

「紗椰《さや》さんの透視も、おそらく使われたと思います」

今や彼の顔色は、真っ青だった。

「この事件に関わったとき、どうして彼女たちの能力を使って、犯人捜しを行なわない

のか――という疑問を抱きました。それについて沙紅螺さんは、試したけど駄目だったと説明した。雛狐さんも同様ですが、どうも嘘をついている感じがあった。紗椰さんも駄目だったと答えましたが、まるで不承不承のようでした。つまり実際は、成功していたのです。だから事件の関係者の中で、俺を除く全員が『犯人はあなただ』と知っていたわけです」

「……う、嘘だ」

「俺が最初、彼女たちを信じたのは、この研究所を舞台に事件を起こすのであれば、必ず黒術師が犯人に対して、何らかの身を護る呪術《じゅじゅつ》を授けるはずだ――という考えがあったからなんですが、どうです？」

すると翔太朗は意外にも、主として肉体を隠す目的に用いるが、使い方によっては心的な部分も秘すことが可能な呪術「黒蓑《みの》」を与えられた、と素直に告白した。

「やっぱりそうでしたか。沙紅螺さんと雛狐さんの襲撃には、それを使った。でも黒蓑のあと半分の力を、あなたは無視した。なぜなら雛狐さんの読心術を、莫迦《ばか》にしていたからです。自分以外の者は、全員が能無しだと驕《おご》っていたせいです。紗椰さんには一目おいていたようですが、にもかかわらず蔑《ないがし》ろにしたのは、あなたが根深く持っているらしい男尊女卑の考えゆえでしょう。その傲慢《ごうまん》さと偏狭さが、あなたの正体を暴いたことになります」

それから俊一郎は、少し面白がる口調で、

「あなたが看優さんに電話したとき、本来なら誰からかかってきたのか、もちろん彼女には分かるはずでした。でも一回目の非通知はともかくとして、二回目は沙紅螺さんの携帯からだったので、彼女もすっかり怯《おび》えてしまったわけです。あなたの狙い通りでした」

「お、おうよ」

翔太朗は精一杯の虚勢を張ったようだが、次の俊一郎の問いかけで、たちまち不安顔になった。

「しかし、妙だとは思いませんでしたか。看優さんを電話で脅したとき、また彼女を邪視したとき、そして雛狐さんを帰路で襲ったとき、なぜどの場合も、いとも簡単に成功したのか。その理由を、あなたは少しも分かっていませんね」

「えっ……」

「すべてはあなたの護衛についていた唯木さんが、無能な女性捜査官のふりをしていたからです。男尊女卑に凝り固まってるあなたは、彼女の掌《てのひら》の上で踊らされていたことに、まったく気づけなかったのです。唯木さんを雛狐さんの護衛に回して欲しいと、曲矢刑事に頼んだとき、あっさり断られたのも、今となっては頷《うなず》けます。黒捜課の捜査員の中で、女性は彼女しかいませんからね」

ここから俊一郎は、やや苦笑しつつ、

「沙紅螺さんが邪視を受けて――実際には祖母の合図で演じただけですが――死ぬ真似

をしたとき、ちらっと俺を見たのは、騙《だま》して申し訳ないという気持ちがあったからかもしれません。やたらと看優さんが能天気な態度だったのも、事件の話題を避けたのも、彼女の性格を考えると仕方ないでしょうか。そして雛狐さんが自分の命に係わるのに、研究所に行くと言ったのも、そういう裏の事情があったからです。そう言えば彼女は、俺の祖父が作家だということを、ちゃんと知っていました。事前にそういう情報を、きっと得ていたからでしょう」

「い、いや、ちょっと待て――」

しばらく黙って聞いていた翔太朗が、ようやく慌て気味に口を開いた。

「本当に雛狐の読心術や紗椰の透視によって、俺が犯人だと分かってたのなら、なぜすぐ捕まえなかったんだ？　それとも犯行するまで待って、そのあと――いや、だったら一人目の沙紅螺だけで良かったはずだ。看優と雛狐まで……」

「まだ分からないんですか」

俊一郎は呆《あき》れた顔をしながら、

「ほぼ関係者の全員が、『犯人は翔太朗に違いない』と言ったのは、実際にそうだったからではなく、俺に疑わせるためでした。沙紅螺さんの話を聞いた段階では、他にも容疑者は考えられました。なのに彼女は大した根拠もなく、それらを否定した。探偵である俺が、犯人であるあなたに容疑をかける。そう仕向けることが、何よりも重要だったからです」

「どうして？」

「あなたを動揺させ、ミスを誘発させるためです。いいえ正確には、失敗したとあなたに思わせること。それこそが本件の、真の目的だったのです」

「えっ……」

「黒術師はあなたに、『九孔の穴』という呪術を授けました。それを新恒警部は、『九孔の罠《わな》』という計画に改変した」

「な、何を……」

「あなたも察しが悪いですね。黒衣の女は本来、まだ『犯人』になっていない人物に接触するだけで、事件が起きたあと姿を現すことは、まずありません。しかし仮に、犯人が犯行に失敗したら、どうでしょう？　そんな緊急時には、黒衣の女が現れるのではないか――という読みが、警部にはあったのです。そのときこそ彼女を捕まえる唯一の機会だと、警部は考えたわけです」

そう言うと俊一郎は、彼が登場してから完全に沈黙を守っている黒衣の女に、はじめて視線を向けながら、

「つまり九孔の罠とは、あなたを捕まえるための仕掛けだったのです」

十五　黒衣の女

弦矢俊一郎は、黒の薄いベールを頭に被《かぶ》ったように見える黒衣の女を、じっと見つめつつ話し続けた。

「この公園の周囲は、黒捜課の捜査員によって、完全に包囲されています。念のために断っておきますが、今回の事件に投入された人数ではなく、ほぼ全捜査員が詰めかけています。よって仮に黒蓑のような呪術を使っても、ここから逃げ出すことは、まず不可能です」

しかしながら彼女は、ややうつむき加減の格好のままで、相変わらず口を閉じて微動だにしない。

「お、俺は……、どうなる？」

横から翔太朗《しょうたろう》が割り込んできたが、俊一郎は一瞥《いちべつ》もせずに、

「あなたの役目は、もう終わりました」

「いや、だから、これから……」

「終わりました」

少しも凄《すご》んだわけではないが、その淡々とした冷たい口調に、びくっと翔太朗は反応すると、あとは黙ってしまった。

しばらく静寂の時が流れた。公園の外からは、車の走行音や通行人の騒《ざわ》めきが聞こえてくるが、園内は怖いくらいしーんとしている。

「よろしければ――」

と俊一郎がある頼み事をしようとしたのと、

「愛染様も、おられるのですか」

ようやく黒衣の女が言葉を発したのが、ほぼ同時だった。

「いえ、俺と顔を会わせる前に、とっとと祖母は帰りました。あの仮面のような厚化粧でなら平気だったけど、それを落として素顔に戻った状態では、さすがに恥ずかしかったみたいです」

「愛染様とも、あろうお方が？」

「祖母の普段の言動からは考えられないでしょうが、結構あれでシャイなところもあるのです」

もし本人が側にいれば、大声で怒りながら否定するようなことを、さらっと俊一郎は口にした。

「まぁ」

すると黒衣の女が、微《かす》かに笑った。それから彼女は、急に喋《しゃべ》りはじめた。

「愛染様には、九孔の穴が視《み》えていた。それを看優《みゆう》さんに伝えて、あたかも邪視が成功したように映る幻視を出現させ、犯人に犯行が成功したかに思わせた。実に見事な企《たくら》みですね」

「沙紅螺《さくら》さんのとき、新恒警部は事情聴取が終わった関係者を、わざと食堂に集めておいた。あれは俺と犯人の性格に鑑《かんが》みた、警部のお膳立《ぜんだ》てでした。その読み通りに俺が犯人を怒らせた結果、第一の事件が起きた。祖母と看優さんは同じ食堂内にいたので、連携はスムーズにできた。看優さんのとき、犯人は先に研究所へ出勤した。そうなると狙われる可能性が高くなるのは、彼女が門から玄関へ行くまでの間になる。だから祖母が門で出迎えて、すぐ側を歩いた。ただし幻視は本人が自分に行なうわけですから、これも難しくなかったでしょう。第二の事件も、予定通りに起こせた。問題は雛狐《ひなこ》さんでした。そこで偽の爆弾騒ぎを起こし、犯人に邪視の機会をわざと与えると共に、玄関ホールの巨大な観葉植物の陰に隠れていた看優さんが、幻視できるように再びお膳立てを整えた」

「さすが愛染様です」

「この作戦を立てたのは、新恒警部です」

「警部の頭脳と愛染様のお力、この二つが合わさった結果と言えますね」

「黒術師の右腕であるあなたから、そんな賛辞をいただけるとは……」

この俊一郎の言に、黒衣の女は応《こた》えることなく、

「でも私を捕まえることが、今回の作戦の目的だったのだとしたら、どうして彼の部屋を訪ねたとき、黒捜課の方々は踏み込まなかったのでしょう？」

彼とは犯人である翔太朗を指し、部屋を訪ねるとは黒衣の女が彼と二度目に会ったときを意味したわけだが、

「逆にお尋ねしたいことがあります。あなたが犯人と接触するのは——その際はまだ犯人候補ですが——最初の一回だけで、あとは不干渉なのではありませんか。それとも我々が気づいていないだけで、犯行中のフォローも普通にするのですか」

俊一郎は相手の質問を、質問で返した。

「いいえ。これまでの犯人は全員、最初の接触だけでした」

「それなのに今回——」

と彼がみなまで言う前に、もう彼女は答えていた。

「初対面の印象から、彼は犯行を完遂できないのではないか、という不安は正直ありました。いいえ、それどころか一人目で失敗するかもしれない、とさえ思いました。ただし周囲の関係者に覚える負の感情は、何と言っても彼が一番強かった。犯人候補になる第一条件が、この心の闇の濃さです」

「それに彼が、最も合致したわけですか」

「はい。ただ、今になってふり返ると、濃さはあったものの深さはなかった。あまりにも浅かったのではないか……と。それを見抜けなかった私の不手際を、大いに反省して

います」

「あなたと同じ見立てを、新恒警部もされたそうです。しかし警部は、彼の浅さにも気づきました」

「さすがですね」

「今回の作戦は、祖母の力と看優さんの幻視に、完全に頼っています。でも、それに加えて、犯人は実行力不足である——という新恒警部の読みも、実は大きく関わっていたのです」

当の犯人がすぐ横にいるのに、二人は少しも気にした風になく、互いに話を進めている。そして当人も、そんな会話を黙って聞いていた。

「そのせいで私が、例外的に二度目の接触を行なうのではないか。そう新恒警部は睨《にら》まれた」

「もう一つあります。今回の事件の被害者候補が、ダークマター研究所の能力者たちだったことです。こちらのほうが、むしろメインでしょうか」

「黒術師様が、みなさんの存在を疎まれていると、新恒警部は考えられた。まさに慧眼《けいがん》です」

「あっ、すみません。あなたの質問に対して、まだお答えしていませんでした」

俊一郎は軽く頭を下げると、

「犯人は黒捜課の監視下に、常にありました。よって二度目のあなたの接触に、もちろん捜査員たちは気づいた。しかし、完全に油断していた。あなたの再接触は、邪視が失敗した——そう犯人に思い込ませた——あとだと、最初から決めつけていたわけです。そのため対応が遅れてしまった。ここで無理をして、あなたに逃げられたら、せっかくの作戦もお終《しま》いです。やはり当初の計画通り、邪視を失敗させたあとの機会を狙おうと、新恒警部が判断された。そういう事情があったようです」

「よく分かりました」

こっくりと黒衣の女が頷《うなず》いたあと、小さな公園に再び静寂が降りた。

「他に訊《き》きたいことは、ありませんか」

俊一郎が問いかけると、彼女は無言で首をふった。

「では俺から、一つ頼みたいことがあります」

それに対して彼女は、微かに首を縦にしたように見えた。

「あなたが、どこの、誰なのか、正体を明かしてもらえませんか」

「…………」

「なぜ黒術師の右腕になったのか、その経緯もぜひ教えて下さい」

「…………」

「駄目でしょうか」

「いいえ」

黒衣の女は応じたが、そこから驚くべき発言をした。

「でも弦矢さん、あなたは私を、よくご存じではありませんか」

「えっ？」

俊一郎の背筋に、ぞくっとした寒気が走った。

「……俺が、あなたを知ってる？」

「はい、そうです」

彼は頭の中が突然、ぐるんぐるんと回り出した気がした。それは脳内で該当する人物を必死に捜しはじめたようにも、とっさに受け入れがたい言葉を聞いて混乱した結果のようにも、どちらにも感じられた。

ただし一向に見当がつかない。

「……いえ、分かりません」

「そうですか。無理もありませんね」

黒衣の女は顔を上げながら、被《かぶ》っていた黒いフードを取り去ると、

「弦矢俊一郎さん、お久しぶりです」

どきっとするほど可愛らしい容貌《ようぼう》を、まっすぐ彼に向けた。

「あ、あなたは……」

確かに知っているにもかかわらず、誰なのかすぐには分からない。そんな不可解なジレンマに、俊一郎は囚《とら》われた。

「お忘れですか」

愛らしい彼女の顔が、少しだけ翳《かげ》った。その表情を目にしたとたん、彼は思わず呟《つぶや》いていた。

「な、内藤《ないとう》、紗綾香《さやか》さん……」

彼女こそ弦矢俊一郎探偵事務所の依頼人第一号であり、彼を入谷家連続怪死事件に巻き込んだ張本人だった。

「……でも、どうして？」

まるで止めていた息を一気に吐き出すような、そんな勢いで俊一郎が尋ねた。

「私と婚約していた秋蘭《あきら》さんが亡くなって、入谷家の事件が起きて、それを弦矢さんが見事に解決されました」

「何人も被害者を出した、そのあとです」

その指摘に、彼女は特に反応はせずに、

「事件が解決したあと、私の居場所はなくなりました」

「でもあなたには、お祖母《ばあ》さんとお母さんが……」

「入院していた母親は、あのあと亡くなりました。祖母も看病疲れが祟《たた》って、母のあとを追うように……」

「そうでしたか。お悔やみ申し上げます」

深々と頭《こうべ》を垂れる俊一郎に、紗綾香は礼を返してから、

「これから独りで、どう生きて行こうと、とほうに暮れていたときでした。黒術師様が、

お声をかけて下さったのです」

「あのとき……」

彼は事件当時を思い出すように、

「あなたは俺に向かって、『真っ黒けの、本当に黒々とした禍々《まがまが》しい影に……気をつけて下さい』と言いました」

「よく覚えていますね」

「さらに『弦矢俊一郎……あなたは避けて通れないと思います』とも、あなたはおっしゃった」

「ええ、その通りです」

「あれは、黒術師のことだったんですか」

無言で頷く彼女に、

「あのときの言葉には、どういう意味があったんです？」

俊一郎は問いつめるように、思わず身を乗り出し気味に尋ねたが、紗綾香は何も答えない。

それからは何を訊いても、どれほど話しかけても、黒衣の女こと内藤紗綾香は一言も喋《しゃべ》らなかった。そして翔太朗といっしょに——車は別々だったが——黒捜課の捜査員たちによって、捜査本部まで連れて行かれた。

こうしてダークマター研究所における九孔の穴の事件は、意外な幕切れで終わりを告げたのである。

終章

事件の二日後、弦矢俊一郎探偵事務所の応接セットには、ふんぞり返った姿勢で曲矢が座っていた。

刑事の向かいには俊一郎が腰かけ、奥の部屋では亜弓が勉強をしている。僕は教科書の上に寝そべりながらも、どうやら彼女を手伝っているつもりらしい。どう見ても完全に邪魔をしている風に映るのだが、亜弓は邪険にすることなく適当に相手をしてくれている。

そんな一人と一匹の関係が、曲矢はうらやましいのだろう。先程から奥ばかりを気にしている。だからといって僕が側にいると、とたんにそわそわして落ち着きがなくなり、会話さえ満足にできないのだから、まったくややこしい男である。

「サボってて、いいのか」

追い返したいと思いつつも、その後の情報を知りたい俊一郎は、仕方なくそう切り出したのだが、

「誰がエリカの珈琲《コーヒー》を、飲みに来てるって？」

曲矢のひねくれた返しに、本当に追い出しそうになった。それを辛うじて我慢したのは、彼女のことが気になっていたからだ。

「絶対に出前は取らんぞ」

「ケチくさいこと言うんじゃねぇ」

「どっちがだ」

というお決まりの応酬が続いたあと、

「それにしても、よく頑張ったよなぁ」

改めて俊一郎は、まじまじと曲矢を見ながら感心した。

「何がだ？」

「今回の『九孔の罠《わな》』を俺に気づかれないように、なんと曲矢刑事が名演技を披露したことだよ」

てっきり怒り出すかと思っていると、

「お前を騙《だま》すのに、俺は反対だった」

意外にも真面目な反応があって、俊一郎は戸惑った。

「どうして？」

「そういうやり方は、気に食わねぇからだ」

「味方に嘘を吐くことが？」

「当たり前じゃねぇか」

この曲矢の一本気に、ふっと俊一郎は胸が熱くなりかけたのだが、

「けど新恒が、『弦矢くんには、今回の作戦を秘密にしておくことなど、きっと無理でしょう。おそらく犯人に、すぐさま悟られてしまいます』って説得するから、それもそうだなと、俺も仕方なく折れたわけだ」

少しも似ていない新恒の真似を交えて、しかも警部が絶対に言いそうにない台詞《せりふ》をでっち上げられたため、一気に冷めてしまった。

「そりゃ新恒警部も、かなり心配だっただろう。なんせ現場で指揮を執るのが、曲矢刑事なんだからな」

「何だとぉ」

「おっと失礼、曲矢主任だった」

「てめぇ――」

「ところが、それが警部の作戦だった。自分が指揮を執った場合、犯行を連続で阻止できなければ、犯人はともかく黒衣の女か黒術師に、下手をすると不審がられてしまう。でも曲矢刑事なら、それが不自然でなくなる」

「……やっぱり、そうか」

今度こそ怒るだろうと構えていたのに、曲矢は合点のいった顔をしている。

「変装した愛染様のサポート役が必要なので、自分は表に出られないとか、新恒は言っ

てたけど、やっぱりそうだったんだ」

むしろ新恒警部に対して、怒りを覚えているらしい。

少しも気づかなかったのか——という突っ込みが口まで出かかったものの、俊一郎は止めておいた。いつまで経っても、これでは肝心な話ができない。

「それで、彼女は？」

彼の口調に、刑事も何かを感じたのか、

「あの公園でお前と話してから、一言も口を利いてない。ただし黙秘を貫くというより、何もかもが嫌になって……みたいな感じだな。やつれてはいるものの、飯は食ってるし、寝てもいる。だから健康上の問題は、今のところ特にない」

黒捜課に捕まって以降の内藤紗綾香の様子を、率直に教えてくれた。

「収穫は、なしか」

彼女の身体に障りがないことを安堵《あんど》しつつも、黒術師に関する情報が得られていない事実に、俊一郎が落胆していると、

「いや、大いにあるぞ」

にやっと曲矢が笑ったので、彼は驚いた。

「どういう意味だ？」

「お前にしては、珍しく鈍いな。あの研究所のやつらを、利用しない手はねぇだろ」

「あっ、そうか」

捜査員が彼女の尋問をする部屋の外に、雛狐《ひなこ》や紗椰《さや》を待機させておき、彼女たちの能力を発揮してもらえば良いことに、遅蒔《おそま》きながら俊一郎は気づいた。

だが、そう曲矢に言ったところ、

「いやいや、敵もさるもの、とっくに防御は考えてたみたいでな。あの翔太朗って野郎に与えた『黒蓑《みの》』って呪術《じゅじゅつ》に、おそらく似たものだろ。それを彼女も使っているらしい。よって取り調べ中の読心術も透視も、あの女には通用しなかった」

あっさりと否定されてしまった。

「だったら、どうやって……」

「へへんっ」

曲矢は得意そうな顔になると、

「研究所のやつらに協力を仰いだのは、彼女を捕まえる前だ」

「あの公園でか」

「お前が指摘したように、公園の周りには黒捜課の捜査員たちが、ほぼ総出で待機していた。けどな、そこには研究所のやつらもいたんだ。そしてお前が推理を披露している間中、ずっと彼女の頭の中を探ってたわけだ。とはいえ黒術師の情報は、いくらでも欲しい。だから取り調べ中も、同じ手を使おうとしたんだが、もう通用しなくなってな」

「そこまで新恒警部は、事前に計画してたのか」

「ああ、あの男らしいだろ」

さすがに否定しないのは、曲矢なりに警部の能力を認めているからだろう。

「それで、彼女は……」

「新恒が根気よく、何とか喋らせようとしてる」

そこで曲矢は、ついでに思い出したと言わんばかりに、

「犯人の翔太朗《しょうたろう》のほうは、一通り尋問しただけで、お役ご免で釈放された。もっとも研究所は追い出されたらしいし、そのうえ親の会社も潰《つぶ》れかけって話だから、遅かれ早かれ路頭に迷うだろうな」

「因果応報か」

それに対する俊一郎の反応も、あっさりしていた。

「いずれ新恒から、まとまった報告があるはずだ」

「その結果、黒術師の正体が判明するかもしれない……わけか」

「または本拠地が、ついに分かるかだな」

「そうなったら……」

「もちろん、黒捜課が乗り込む」

「俺も行くぞ」

「………」

曲矢は何か口にしかけたが、結局は黙ってしまった。とんでもないと止めるつもりだ

ったが、それに俊一郎が素直に従うとは、とても思えなかったからだろう。

「こんだけ喋《しゃべ》ったんだから、珈琲が飲みてぇな」

「独りで、エリカにでも寄れよ」

再び不毛な会話があったあと、「まだ勉強が終わってない」と渋る亜弓を連れて、曲矢は探偵事務所から帰っていった。

その前に彼女が、僕と別れを惜しむ様子を、うらやましそうに彼は眺めていた。しかし本人は、僕に手をふるだけで我慢したようである。それでも僕が「にゃ」と返事をしてくれたので、もうご満悦の様子だった。

俊一郎は仕事机に座ると、祖父母の家に電話をかけた。犯人と黒衣の女が逮捕された日の夜も、昨日も、祖父は出たが、祖母は明らかに居留守を使った。さすがに昨日の今日では、孫と話すのが恥ずかしかったようである。

「もっと、しっかりせんかい」

ところが今日は、電話に出たと思ったら、いきなり小言を食らった。

「はぁ、何が？」

「あのやらしい名前の研究所での、お前の為体《ていたらく》のことやないか」

「ダークマター研究所だ。いやらしくも何ともないだろ」

「そんなこと言うて、誤魔化すんやない。あの程度の犯人を、すぐ当てられんとは、ほんまに情けないわ」

「けど、俺の犯人捜しが遅れたから、九孔の罠《わな》は成功したんじゃないか」

「それに比べて新恒警部は、さすがやな」

「うん、見事な作戦だったと思う」

「せやからお前も、もっと警部さんのように――」

「だけど、あの罠が成功したのは、綾津瑠依《あやつるい》さんのお陰もあったんじゃないか」

そう指摘したとたん、てっきり話題をそらすかと思ったのだが、

「今さら何を当たり前のことを、この子は言うてますのや」

祖母の厚顔さを改めて、彼は認めさせられただけだった。

「あの瑠依さんいうお人は、それは才色兼備で――」

しかも、このままでは綾津瑠依の自慢話になりそうなので、

「黒衣の女について、何か聞いてる？」

俊一郎は強引に割り込んだのだが、

「いいや。相変わらず、だんまりらしい」

素直に祖母は答えてくれた。

「それにしても、彼女だったとは……」

「気の毒な子ぉですな」

「取り調べのあと、どうなるか知ってる？」

「まだ警部も、そこまでは考えられんやろう」

「……そうか」

少しの間のあと、

「小林君のことは？」

「お前の前に、現れたそうやな。そうなると今度はその子が、黒衣の少年になるのかもしれんなぁ」

俊一郎の密《ひそ》かな心配を、祖母はずばっと口にした。

「そうなった彼を、助けられるかな」

「……どやろ」

応《こた》える前の一瞬の間が、小林君を救出する困難さを物語っているように、彼には感じられた。

祖母《ばあ》ちゃんが躊躇《ためら》うくらいだから、やっぱり……。

難し過ぎるのだろうと考えると、俊一郎は暗澹《あんたん》たる気持ちになった。しかし、次の祖母の言葉を聞いて、どきっとした。

「ただな、そんな暇は、もうないかもしれんで」

「それって……」

「黒術師に関する情報が、近々はっきりするやろう。そうなったら、大捕物になる」

「時代劇かよ」

思わず突っ込んだが、それ以上のボケを祖母はすることなく、

「いいや、捕まえるなんて、悠長なことはできんか」

「えっ……」

「その場で滅ぼす。それくらいの覚悟がないと、こっちがやられるやろうな」

俊一郎は再び、どきっとした。

「ば、祖母ちゃんも、乗り込むのか」

「当たり前や。新恒警部は非常に優秀なお人やが、黒術師とまともにやり合えるかいうたら、そら無理やろ。あれに対抗できるんは、わたしゃとお前しかおらん」

「お、俺も？」

もちろん俊一郎も同行するつもりだったが、はっきり祖母にそう言われると、さすがに動揺しそうになった。

「祖母ちゃん……」

「何や」

「黒衣の女の正体は、祖母ちゃんにも分からなかったんだよな」

「そら会《お》うたこともない、そういう人やったからなぁ」

「黒術師も、いっしょか」

「どやろ」

この返答が何を意味するのか、それを考えること自体が、なぜか俊一郎には恐ろしく思えた。

どやろ——って、どういうこと？

そう訊《き》きたいのに、とても怖くてできない。

これまで祖母ちゃんにも、黒術師の正体は不明だった。けど、いつしか漠然とながらも、その見当がつき出したのだとしたら……。

そんな考えが今、ふっと脳裏に浮かんだ。

でも、だとしたら祖母ちゃんは、なぜ俺に教えてくれないのか。

まだ自信がないからか。確信できないせいか。裏づけが取れていないためか。とはいえ推測であっても、別に構わないのではないか。

祖母と俊一郎、二人だけの会話なのだから……。

結局この件については、歯切れの悪いままで終わった。もしも彼が強引に尋ねていたら、ひょっとすると祖母は口を開いたかもしれない。

だが……。

という躊躇いが俊一郎にはあった。「だが」の先に何があるのか、それは彼にも分からない。ただ、きっと恐ろしいものではないか。怖くて得体の知れぬものが、そこに待っている。そういう予感に、彼は強く苛《さいな》まれた。

祖母との電話のあと、机の上で寝ながらも聞き耳を立てていた僕を抱き上げると、俊一郎はソファに移動した。

うにゃ？

どうしたの——という風に僕は見上げたが、すぐに彼の膝《ひざ》の上で、ごろごろっと喉《のど》を鳴らしはじめた。

今夜から僕と、またいっしょに寝る夜が来るのだろうか。

黒術師と対決を果たすまで、それは続くのかもしれない。

僕の頭をなでることで大いに癒《いや》されながらも、そういう不安が俊一郎の胸に、いつまでも消えることなく燻《くすぶ》り続けた。

この作品は角川ホラー文庫のために書き下ろされました。

九孔《きゅうこう》の罠《わな》　死相学探偵《しそうがくたんてい》7
三津田信三《みつだしんぞう》

角川ホラー文庫　21967

令和元年12月25日　初版発行
令和6年12月15日　再版発行

発行者――山下直久
発　行――株式会社KADOKAWA
〒102-8177　東京都千代田区富士見2-13-3
電話 0570-002-301（ナビダイヤル）
印刷所――株式会社KADOKAWA
製本所――株式会社KADOKAWA
装幀者――田島照久

ISBN978-4-04-108816-6　C0193

角川文庫発刊に際して

角川源義

第二次世界大戦の敗北は、軍事力の敗北であった以上に、私たちの若い文化力の敗退であった。私たちの文化が戦争に対して如何に無力であり、単なるあだ花に過ぎなかったかを、私たちは身を以て体験し痛感した。西洋近代文化の摂取にとって、明治以後八十年の歳月は決して短かすぎたとは言えない。にもかかわらず、近代文化の伝統を確立し、自由な批判と柔軟な良識に富む文化層として自らを形成することに私たちは失敗して来た。そしてこれは、各層への文化の普及滲透を任務とする出版人の責任でもあった。

一九四五年以来、私たちは再び振出しに戻り、第一歩から踏み出すことを余儀なくされた。これは大きな不幸ではあるが、反面、これまでの混沌・未熟・歪曲の中にあった我が国の文化に秩序と確たる基礎を齎らすためには絶好の機会でもある。角川書店は、このような祖国の文化的危機にあたり、微力をも顧みず再建の礎石たるべき抱負と決意とをもって出発したが、ここに創立以来の念願を果すべく角川文庫を発刊する。これまで刊行されたあらゆる全集叢書文庫類の長所と短所とを検討し、古今東西の不朽の典籍を、良心的編集のもとに、廉価に、そして書架にふさわしい美本として、多くのひとびとに提供しようとする。しかし私たちは徒らに百科全書的な知識のジレッタントを作ることを目的とせず、あくまで祖国の文化に秩序と再建への道を示し、この文庫を角川書店の栄ある事業として、今後永久に継続発展せしめ、学芸と教養との殿堂として大成せんことを期したい。多くの読書子の愛情ある忠言と支持とによって、この希望と抱負とを完遂せしめられんことを願う。

一九四九年五月三日

十三の呪

三津田信三

死相学探偵1

死相学探偵シリーズ第1弾！

幼少の頃から、人間に取り憑いた不吉な死の影が視える弦矢《つるや》俊一郎《しゅんいちろう》。その能力を“売り”にして東京の神保町に構えた探偵事務所に、最初の依頼人がやってきた。アイドル顔負けの容姿をもつ紗綾香《さやか》。ＩＴ系の青年社長に見初められるも、式の直前に婚約者が急死。彼の実家では、次々と怪異現象も起きているという。神妙な面持ちで語る彼女の露出した肌に、俊一郎は不気味な何かが蠢くのを視ていた。死相学探偵シリーズ第１弾！

角川ホラー文庫

ISBN 978-4-04-390201-9

ISBN 978-4-04-390202-6

六蠱の軀

死相学探偵3

三津田信三

理想の部位《パーツ》を集めるのだ…。

志津香はマスコミに勤めるOL。顔立ちは普通だが「美乳」の持ち主だ。最近会社からの帰宅途中に、薄気味悪い視線を感じるようになった。振り向いても、怪しい人は誰もいない。折しも東京で猟奇殺人事件が立て続けにおきる。被害者はどちらも女性だった。帰り道で不安に駆られる志津香が見たものとは……？　死相学探偵弦矢俊一郎は、曲矢刑事からの依頼を受け、事件の裏にひそむ謎に迫る。注目の人気シリーズ第3弾。

角川ホラー文庫

ISBN 978-4-04-390203-3

五骨の刃

三津田信三

死相学探偵4

惨劇の館を訪れた女性に迫る死の影とは!?

怖いもの好きの管徳代《かんとくよ》と峰岸柚璃亜《みねぎしゆりあ》は、惨劇の現場〈無辺館〉に忍び込む。そこは約半年前に、5種類の凶器による残忍な無差別連続殺人事件が起こった場所だった。館で2人を襲う、暗闇からの視線、意味不明の囁き、跟《つ》いてくる気配。死相が視える探偵・弦矢俊一郎《つるやしゅんいちろう》に身も凍る体験を語る彼女には、禍々しい死相が浮かんでいた。俊一郎は真相解明に乗り出すが、無辺館事件の関係者から新たな死者が出て!?　大人気シリーズ第4弾!!

角川ホラー文庫

ISBN 978-4-04-101285-7

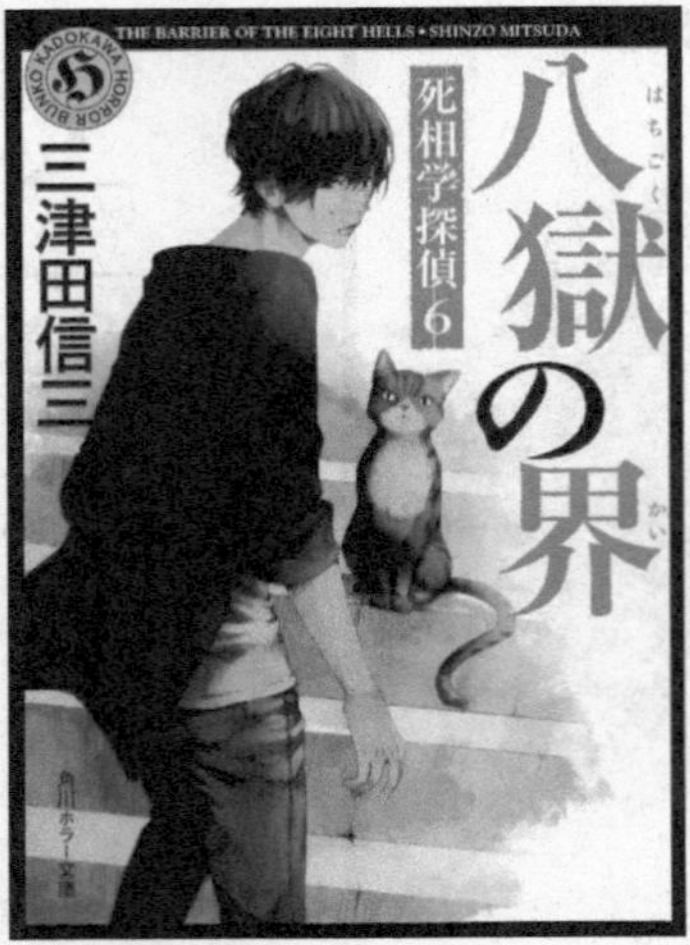

八《は》獄《ちごく》の界《かい》

三津田信三

死相学探偵6

黒術師主催のバスツアーの行方は!?

黒術師を崇拝する者たちがいる。黒い欲望を持った人々を犯罪へいざなう、恐るべき呪術の使い手・“黒術師”。黒捜課の曲《まがり》矢《や》刑事から、黒術師が崇拝者を集めたバスツアーを主催すると聞かされた俊一郎《しゅんいちろう》は、潜入捜査を手伝うことに。危険を承知で潜入した俊一郎だったが、バスツアーの参加者全員に、くっきりと死相が視えていて――。俊一郎たち参加者を次々と襲う、怪事件の真相は!? 「死相学探偵」シリーズ、絶体絶命の第6弾!!

角川ホラー文庫

ISBN 978-4-04-104908-2